オーム・シャンティ・オーム
～恋する輪廻～

原作
ファラー・カーン
ノベライズ
武井彩

目次

オーム・カプール
通称「オーム」もしくは「O．K」。稀代の大スター、ラージェシュ・カプールの一人息子として生まれ、恵まれた人生を歩んでいる。悩みは、時々見る不思議な夢のこと。その真相が分かった瞬間から謎解きの物語が始まる。

オーム・プラカーシュ・マキジャー
通称「オーム」。オーム・カプールの前世。大女優シャンティプリヤに恋をし、いつか彼女の元にたどり着きたいとスターを目指し奮闘する売れない役者。しかし、或る事故をきっかけに志半ばで死んでしまう。

シャンティプリヤ
通称「シャンティ」。絶世の美女と謳われる人気ナンバーワン女優。新作映画『オーム・シャンティ・オーム』の撮影直前、行方不明となり、人気絶頂の最中、芸能界から姿を消し、その失踪については謎に包まれたままとなっている。

パップー
オーム・プラカーシュ・マキジャーの親友。孤児として生まれたが、オームとその母親ベラに家族同然に扱ってもらい、その恩義からオームのことは兄貴分と慕っている。オームにとって何でも話せる良き相談相手。

ベラ
オーム・プラカーシュ・マキジャーの母親。若い頃、女優をしていたこともあり、スターになりたいと願う息子の夢を応援し続けている。おおらかで優しい人だが、何事にも大袈裟に反応するのがたまにキズ。

ムケーシュ
敏腕映画プロデューサー。別名「マイク」。無名のシャンティプリヤに目を付け、大スターに引き上げた人物。無類の女好きで、常にスキャンダルで世間を騒がせている。

ラージェシュ・カプール
オーム・カプールの父親。十代の頃に俳優としてデビューして以来、五十年以上に亘り、第一線で活躍し続けてきた。息子の出生に関わる或る秘密を抱え、そのことをずっと胸にしまい生きてきた。

アンワル
オーム・カプールのマネージャー兼親友。スケジュールの管理や、ギャラの交渉、そして体調管理まで。O．Kのことなら、なんでも知り尽くしている頭のキレる、頼りになる男。

サンディ
オーム・カプールのことが大好きで、追っかけをしている女の子。往年の大女優シャンティプリヤにそっくりであることから、O．Kが企てる或る計画に協力することとなる。いつもガムを噛んでいるイマドキのギャル。

ドリー
オーム・カプールの幼馴染。元々は女優志望だったが、セクシーな見た目を売りに、グラビアアイドルに路線変更した。世の男性を惹きつける妖艶な美しさを武器にO．Kに加担する。

カーミニ
ドリーの母親兼マネージャー。夫とは死別し、以来、女手一つでドリーを育ててきた。なんとか、娘が芸能界で一旗揚げられるよう日々奮闘している。また、それと並行して自分の再婚相手も探している。

いつも見る夢

輪廻転生《リ・インカネイション》を、君は信じる？

アラビア海からの湿った風が、地上の砂を吹き上げる。たぶん、もうすぐ雨が降るのだろう。重苦しい雲が空に立ち込め、周囲の木々が腰をくねらすように激しく揺れている。その時『僕』は、美しい洋館の前に立っていた。分厚い窓ガラスを必死に叩き、誰かの名前を叫ぶ。ガラスの向こうには『彼女』の姿。

「オーム！　助けて！　お願い！」

——そうだ。『僕』の名前はオーム。

『彼女』がその名前を叫んだ瞬間、まるでスライドショーのように記憶の断片が、頭の中で弾け飛ぶ。

＊　＊　＊

例えばそれは、市場の一角。木箱の上に立ってスピーチの真似事をする『僕』。

「レディース・アンド・ジェントルメン！　僕は、この主演男優賞を獲得する為に刻苦勉《こっくべん》励《れい》してきました！」

「タイム、タイム！　おい、オーム。そんなスピーチじゃ、何言っているのか分からないよ！」

笑い転げる親友の『アイツ』。僕のバカみたいな夢を、いつも真剣に聞いていてくれたっけ。

＊　＊　＊

「オーム。どんな困難だって、努力さえ続けていればきっと世界は味方してくれるわよ」

満月の夜。『僕』にそう優しく語りかけてくれた『母さん』。優しくて、心配性で、どんなことにも大袈裟に反応する、いくつになっても少女みたいな人。

＊　＊　＊

そして、最愛の『彼女』。艶々とした黒髪と、まるで黒真珠のような大きな瞳。彼女に見つめられると、時間が止まったような感覚に陥る。

恋？　——いや、たぶん、そんな軽いものじゃない。**『彼女』とは、魂同士が繋がっている。**

たぶん、神様に約束された、たった一人の相手なんだ。

「『ありがとう』は、友達には禁句でしょ。だから、代わりにこれ」

鼻筋をクシャとさせて、いたずらっぽく笑う『彼女』がくれた物。それは、スノードームのオルゴール。ガラスの中では、雪が舞う中、カップルが幸せそうにダンスをしている。

いったい、君は誰なんだ？　『僕』は、必死に『彼女』に向かって手を伸ばす。

すると、記憶はガラスのように砕け散り、『僕』の身体は灼熱の炎に包まれる——。

覚醒

「オーム様。……オーム様！　そろそろお目覚めの時間です」

朝の陽ざしの中、金色のシルクが一面に敷かれたベッドでオーム・カプールは目を覚ました。控えていた数名の使用人達がオームの周りに集まってくる。裸の彼にガウンを着せ、ベッドから降りると同時に、足元にスリッパが差し出される。別の使用人は、彼の為に用意した新鮮なフルーツジュースを運んでくる。

「オーム様。ひどい汗です。具合でも悪いのですか？」

「平気。いつもと同じ夢を見ただけだ」

「夢、ですか？」

「うん。夢。……いや、どちらかというと、旅に近い感じかな」

「旅……？」

「まるで別の人生を旅するような、そんな感覚」

「……相当お疲れのようですね」

「まあね。君ら凡人には分からないよ」

オームは、寝室のカーテンを開け、ガウン姿のままバルコニーに立った。綺麗に手入れされた庭の奥。門扉の向こうから、女性達の黄色い歓声が聞こえてくる。レポーターの女性は、テレビカメラに向かって興奮気味に現場の様子を伝える。

「みなさん！　O．Kこと、オーム・カプールが、たった今、バルコニーに姿を現しました！」

マスコミのカメラがガウンから垣間見えるオームの鍛え上げられた肉体をズームアップする。

「見てください！　あの引き締まった身体！　まるで芸術品のよう！　ああ、私、気を失ってしまいそう……！」

オーム・カプール。往年の大スター、ラージェシュ・カプールの家に生まれ、自身も10代の頃から芸能活動を始めた。デビューしたての頃は「親の七光り」「二世タレント」等とも言われたが、今では親の威光など関係ない。2年先までスケジュールぎっしりの、今、インドで最もアツい若手俳優だ。年頃の娘はみんなオームに夢中。

オームは、にっこりと微笑み、集まってきたファンに向かって手を振る。ファン達は、歓声を上げ、手に持った「O．K　お誕生日おめでとう」のプラカードを一斉に振る。

オームは、今日、30歳の誕生日を迎える。地位も名誉も財産も手にしたオーム・カプール。人生はまさに万事「O．K」だ。

そんな完璧な彼が毎晩見る謎の夢のことで悩んでいることなど、誰も知る由がなかった。


午後1時。オームは、新作映画の撮影の為、ミッタル映画スタジオに向かった。

「4時間の遅刻」と、友人兼マネージャーのアンワルは機嫌が悪い。この後のスケジュールをすべて組み立て直すのは、彼の仕事だ。「大丈夫だ。巻いていくから」とオームは、大スターの風格で微笑む。

4時間待たされたにも関わらず、若い映画監督と、その父親のプロデューサー、そして、すべてのスタッフは、笑顔でオームのことを出迎えた。

「お待ちしていました、オームさん！」

4時間だろうと、5時間だろうと、待たされたって文句は言えない。オームが主演を引き受けることで、スポンサーが出してくれる予算は跳ね上がり、監督達は美味しいご飯を食べることができる。彼らにとって、オームは王様に等しいのだ。

「さて監督。今日はどんなシーンから始める？」

「いきなりですが、クライマックスから撮影しようと思います。ヒロインの結婚式。その相手は、主人公と敵対する大悪党！」

「なるほど、続けて」

「それで、あなたはとても傷つくわけですね」

「うんうん」

「ヒロインのことを愛しているのに、その愛を伝えることがどうしても、できない」

「おいおい。冗談だろ。なんでだよ？　口がきけないのか？」

「そうなんです！」

「はあ？」

「母親が死んだせいで、延々と泣き叫び、喉が潰れてしまったんです」

「……ああ、そういう設定ね。まあ、ギリギリいけるか」

飽きてきたのか、買ったばかりの音楽プレイヤーで遊び始めるオーム。

「そして、ここからが劇的なんです！　最後に、ただ一日。一日でもいい、ヒロインの花嫁姿を見たい！」

「うんうん」

「なのに、それもかなわない！」

「なんで⁉」

「主人公は、目も不自由なのです」

「――ちょっと待った。そんな展開ありかよ？」

「台本に、そう書かれてあったと思いますが……」

「一応聞くけどさ。まさか、その上、耳も聞こえないって言うんじゃないだろうな」

「まさにその通り！　さすがです、オームさん！　そうなんです。主人公は三重苦を抱えている人物。だから、タイトルは『三重苦の恋』！」

「おい、ふざけんなよ。メチャクチャじゃないか！」

「待って、オームさん！　怒らないで最後まで聞いて」

「……分かった、一応聞いてやるよ」

「シーンの後半からは、主人公の心の声で物語が進みます。『ああ、できることなら、君を連れて逃げていきたい！　でも僕は、車椅子から立ち上がることもできないし、両手も切られてしまって無い！』

「……もう、帰ろうかな」

「まあまあ、そう言わずに」

「僕の身体でまともに動くところは、無いわけ？」

「ありますよ。心だけは、ズキズキと痛む」

「痛むのは観客の頭だろ。こんなシュールな内容、マニアックな批評家にしかウケないよ」

「そ、そうでしょうか……」

「保証する。この映画は、絶対にコケる!!」

「コ、コケる!?」

大スターの言葉に、言葉を失う監督。

「オームさん。そしたら、我々は、どうすれば……」

オームは人差し指を高く掲げ、こう告げた。

「一つアドバイスしてやろう！　主人公の痛む心は、派手な歌で表現すればいい！」

「う、歌⁉」

「例えば……。そうだ。閃いたぞ。ディスコだ！　傷心のディスコ！」

「いや、三重苦で、ディスコっていうのは、さすがに無理があるんじゃないでしょうか……？」

「バカだな！　夢のシーンにするんだよ！　夢なら何でもアリ、だろ？」

なるほど！　と膝を打つ監督。

「あと大事なのは、物語を支えるキャスト達だ」

オームは、待機しているキャストをぐるっと見回す。ニッコリとオームに向かって手を振るヒロイン役の女優。顔は悪くないが、あと20キロは体重を落とした方がいい。

「監督。ヒロイン役の子は、君の女か？」

「あ、いえ。パパの彼女です」

「パパ？」

どうも、と恥ずかしそうに頭を下げるプロデューサー。

「……悪いな、パパ。君の彼女は降板だ」

「え!?」

「代わりにギャルを10人入れる。いいだろ、これで大ヒット間違いなしだ!」

スタジオに設置されたステージの中心にオームが立つ。スターになるべくして生まれてきた男。その男が放つポテンシャルが、その場にいるすべての人を飲み込み、そして魅了していく。

美人の妖精が　魔法をかけた
夜も眠れない　心は乱れる
さまよいたい気分を　誰が分かってくれる
心の中はざわめくディスコ
春が来て　花が咲き誇った
僕らには　恋の季節だった

心の奥に響くようなオームの歌声。その声に操られるかのように、シルバーやブルーの衣装をまとったギャル達が、見事なダンスを披露する。最高のキャストによる、最高のショー。オームの言う通り、監督とプロデューサーは、この作品は成功する、と確信した。

撮影が最高潮に盛り上がった瞬間、スタジオに設置した装置から炎が噴き出す。その演出にオームは、ビクッと身体をこわばらせる。

夢で見る恐怖のフラッシュバック。割れたガラス。自分の身を焼き尽くす灼熱の炎——！

突然、うめき声をあげて、倒れてしまうオーム。慌ててその場に駆けつけてきたアンワルは、監督に詰め寄る。

「何故、火を使った!? O.Kは炎恐怖症なんだ！」

「どうしよう、知らなかったんだ！」

「中止だ、中止!! 今日の撮影は中止！」

「中止!?」

予想もしなかった展開に、呆然とする監督とプロデューサー。

不可解なあの夢

あの感覚は何なんだ……？

別に子供の頃に、火で怖い思いをしたこともない。それなのに、炎を見るだけで、全身火で焼かれる感覚に陥るのだ。たぶん、不可解なあの夢のせいだ。

体調を崩しスタジオを出たオームは、高級外車の後部座席で、一人、物思いにふけていた。

早く家に帰りたい。そして、今夜こそ、夢も見ずに眠りたい……。

突然、窓の外から聞き覚えのある声がした。顔を上げるオーム。

「オーム！　私の息子！」

そこには、白髪の老婆が立っていた。

まさか……。

かなり年はとっているが、夢で見る『母さん』に似ている。

馬鹿な。まさか、**夢で見る人が実在する**なんて。そんな訳ないだろ……。

しかし、老婆はまるで自分の子供に語り掛けるかのように、オームに向かって叫び続けた。

「オーム！　今までどこにいたの？　ずっと、ずっとお前の帰りを待っていたのよ！」

駆けつけてきた警備員が、彼女を取り押さえる。

「やめなさい！　オームさんに失礼だろう！」

「やめて、放して！　オーム！　何故、気づいてくれないの？　私よ、母さんよ！」

車の中にいるオームはどうしていいか分からない。

「オーム！　母さんを忘れたの？　私のところに戻っておいで。約束したでしょう？　必ず戻るって――」

泣き崩れる老婆。

そこに、一人の男性が現れ、老婆を優しく抱きかかえた。

「おばさん」

「パップー！　お願いだから、あの子を止めて！」

パップー？

二人のやりとりを見つめるオーム。

老婆の隣に立つ男。彼も老けてはいるが、夢で見た親友の『アイツ』にそっくりだ。混乱するオーム。自分にはちゃんと別の母親がいるし、あんな男は会ったこともない——はず。

しかし、事実とは裏腹に、心では彼らのことを何故か懐かしいと思ってしまう。

助手席に座るアンワルは「いかれてる奴らだ、無視しとけ」と言い、運転手に車を出すよう指示をした。オームの乗った車は急発進し、その場から走り去っていく。

取り残された老婆は、男性にすがって泣く。

「パップー。どうして、どうしてあの子は、私達に気づいてくれないの！」

「おばさん。気持ちは分かるけど、あれはおばさんのオームじゃないよ。大スターのオーム・カプールだ。考えてもみなよ。もし、オームが生きていたとしたら、もう60近いはずだろ？　俺達の知ってるオームは……もうこの世にはいないんだよ」

「そんなはずはない！　あれは、私のオームよ！　私には、分かるの。母親なんだもの！」

二人の傍で話を聞いていた警備員は失笑する。

「あんたの息子が大スターなら、俺の親父だって名優だよ。いいから、二人とも、とっとと帰れ！」

　追い払われた二人は、とぼとぼと帰路についた。


　その後、オームを乗せた車は高速に乗り、都心を離れた一本道を走っていた。予定ではこの後、ヒーロー物の撮影だ。

「おい。もう1時間も走ってるじゃないか。次の撮影は、いったいどこでやるんだ？」

「ヒーロー物をやるなら、リアルな場所で撮りたいって自分が言ったんだろう？　急いでスタッフに良いロケ地を探させたんだ」

「良いロケ地って。まさか、このまま中国まで行くなんて言い出さないだろうな」

「まさか。ただの古い撮影スタジオだよ」

「スタジオ？」

「ああ。昔、大火事があったアースマーン映画スタジオだ」

「火事……？」

　映画スタジオの入口で停車する車。

ザワザワ

オームは、車から降り、古いスタジオの門を見上げる。

周囲の木々がザワザワと揺らめく。

――なんだろう。この既視感は。

「なあ、アンワル。僕、前にもここに来なかったか？」

「まさか。ここで火事があったのは30年も前だ。以来、誰もここに立ち入ることはなかったらしい」

「30年……そうか」

不穏な気持ちを抱えたままオームは、門をくぐり、ぐるりと周囲を見渡した。ほとんどの建物が火事で焼け焦げ、不気味な廃墟と化している。

「想像以上に不気味な場所だなあ」

そうつぶやくアンワルの横で、オームは不思議な感覚に包まれる。

ここに人が大勢集まり、活気に満ち溢れているビジョンが頭の中に浮かぶのだ。

「やあ、オーム。今日の調子はどうだ？」

「お前、またエキストラか。がんばれよ！」

周囲の木々が
と揺らめく。

「おい、オーム！　今日こそ、ツケを払ってくれよ！」

すれ違う人々が、みんな自分に向かって声をかけてくる。

「おい、オーム！　……オームったら！」

アンワルの声で、我に返るオーム。

「お前、本当に今日はどうしたんだ。なんだかおかしいぞ」

そこに一人の撮影スタッフが駆け寄ってきた。

「お待ちしていました、オームさん！　まずは控室にご案内します。えっと、場所は――」

オームは、敷地の中心部にあるひときわ大きな建物を指さした。

「あの建物の2階だろ？」

「え、ええ。よくご存じですね」

オームは確信する。

間違いない。**僕はやっぱり、ここに来たことがある。**

でも、いったい、いつ、どこで……？

謎は深まるばかりだ。

「ラブラブマン！　助けて！」

「ラブラブマン！　只今参上！　ウリババババ〜ッ！」

「ウリババ〜ッ！」

はい、カット！　と監督の声がかかる。

正義のヒーロー・ラブラブマンに扮したオームと、ヒロインの女優は、カメラの前で演技を止める。

駆けつけてくるメイク係の女性にブツブツと文句を言うオーム。

「この衣装、暑すぎ」

「そう?」

「てか、どうなの。このセンス」

「ひどい、折角みんなで考えて用意したのに！」

「だいたいさ、ヒーロースーツを着て、なんでその上にまたパンツを履かないといけないんだよ?」

「ヒーローの定番じゃないですか！　スーパーマンだって、このスタイルですよ！」

「これじゃ、ただのお間抜けマンだ」

「大丈夫。あなたは十分ステキよ。オームさん」

投げキスをして、去っていく女性スタッフ。

傍で、台本をチェックしていた監督が叫ぶ。

「じゃあ、次のシーンにいこう！　ラブラブマンが、自分の幼馴染だったと気づくヒロイン！　二人はそのまま恋のダンスに！」

気を取り直して、カメラの前に立つオームとヒロイン役。

「用意、スタート！」

「ウリババ〜ッ！　ベイビー。興奮した？」

「ええ！　興奮したわ」

「よし。それじゃあ、踊ろう！」

現場に音楽が鳴り響く。今日、一番の見せ場だ。

中央に立ち、ダンスを始めるオーム。

その時、突然の突風。一瞬にして空が雨雲に覆われ、ザッと激しい雨が降ってきた。この季節特有のスコールだ。

監督やスタッフ達は、機材を守ろうと慌ててその場から建物内に避難していく。

「おい、誰か、天気予報ぐらいチェックしておけよ！」

全身びしょ濡れになったオームは、一人控室のある建物に入っていく。

「……ったく、冗談じゃないよ。アンワル、温かいコーヒー持ってきて！」

返事がない。突然の大雨でみんなちりぢりに散ってしまい、オームは建物の中にたった一人だ。

「おい、誰かいないのか？」

建物の中を一人、ウロウロ歩くオーム。

すると、２階を歩く人の気配がした。女だ。

「おーい」

２階に向かうオーム。その人影は建物の一番奥にある一室に入っていった。

「あの、コーヒーと、あとタオルも欲しいんだけど……」

扉を開け、部屋に足を踏み入れるオーム。その瞬間、オームは総毛立った。

まるで

夢の中に立っているような感覚。自分が今、肉体を通してではなく、魂の目を通して周りの風景を見ていることに気づく。

叫んでも声はでない。何かを触ろうとしても触れられない。身体は、すべての感覚を失ってしまったようだ。

何だ、いったい!? 僕の身体に、何が起きているんだ……!?

立ち尽くすオームの前に、二人の人物が姿を現した。一人は、若く美しい男性。そして、もう一人は――いつも夢で見る『彼女』だ。二人は恋人同士なのか、何か言葉を交わし、そして熱い抱擁を交わした。

ズキッとオームの胸が痛む。

やめてくれ！ 僕だって『彼女』のことを愛しているんだ！

ああ、今すぐ『彼女』に向かって叫びたい。君がいると思うだけで、冴えない世界が美しいと思えた。

『彼女』が、僕の世界そのものだったんだ。

「思い出せ！」

自分の中に閉じ込められている誰かが、叫んでいる。オームは、集中してその声に耳を傾けた。すると、『彼女』と『僕』の間に起きた出来事が、ビジョンとして頭の中にはっきり浮かび上がってきた。

この場所で『彼女』が恋人と抱き合う姿を見た『僕』は、耐え切れず外に飛び出していく。そして、『僕』は失意のあまり『彼女』がくれたスノードームのオルゴールを噴水に投げ捨ててしまう。

その後、『僕』は『彼女』に別れを告げようと、美しい洋館を訪れる。そして、そこで火の海に包まれた『彼女』を見つけたんだ。

『僕』は『彼女』を助けようとガラスを割る。その瞬間、爆発が起きて——そして、死んだ。

まるで一本の無声映画を見終わったかのように、現実に引き戻されるオーム。

外は、雨がやみ、スタッフ達が撮影再開に向けてワイワイと準備を始めている。

オームは、或る確信を元に表に出る。そして、一心不乱にどこかに向かって歩いていった。向かった先は、古い噴水。長いこと使われていなかったせいで、泥水が溜まり枯れ葉が排水溝に詰まっている。オームは何の躊躇いもなく、泥の中に手を突っ込み、何かを探す。泥の中、ふと何かが手に触れる。オームはそれを掴み取り、すくい出した。

オームが手に掴んだもの。それは、夢で見続けたスノードームのオルゴール。それを手にした瞬間、オームは覚醒する。

『彼女』と『僕』の物語。あれは、夢なんかじゃない！

あれは、前世の記憶。

それに気づいた時、オームの中で何かがはじけた。**自分の中に眠っていたもう一つの魂が解放されたのだ。**

『僕』の名前は、オーム・プラカーシュ・マキジャー。

そして『彼女』はシャンティ。――愛しのシャンティプリヤ、だ。

――いったい、前世で僕達の身に何が起きたんだ？

前世

30年前。

アースマーン映画スタジオの中は、人で溢れかえっていた。

時の大スター・ラージェシュ・カプールが新作映画を撮影しているのだ。

そんな喧騒の中、施設の一角にある屋台で暇そうにしている二人組の男がいる。オーム・プラカーシュ・マキジャーと、親友のパップー。オームは油でギトギトの揚げパンを頬張りながら、ため息をつく。

「あーあ。またエキストラの仕事、クビになっちまった」

「主役を押しのけてカメラの前に立ったのは、ちとまずかったな」

「だって。少しでも目立ちたいじゃないか」

オームは、薄いチャイをすすると、さらにため息。

「こんな僕でも、いつかはスターになれる日が来るのかな」

「当たり前だろ！　お前なら、絶対なれる。なんたって、大女優の息子なんだから」

「大女優といっても、脇役専門だろ」

オーム・プラカーシュ・マキジャー。

母親が女優の仕事をしていたこともあり、子供の頃から芸能界に憧れを持っていた。高校を出てから事務所に所属し、親友のパップーと共に芸能活動を始めるが、やってくるのはエキストラの仕事ばかり。鳴かず飛ばずのまま、もうすぐ30歳を迎えようとしていた。


冴えない人生。そう落ち込むオームを、なんとか元気づけようと励ますパップー。

「いいか、このパップー様が保証してやる！　お前は、未来のスターだ！」

「そう言ってくれるのは、お前と母さんぐらいだよ」

「自信を持てって！　抜群のヘアスタイル！　顔立ちだって優雅でサイコー！　それに溢れんばかりの才能！」

「よせよ。……まあ、自分でもそこそこイケてるんじゃないか？　とは思ってるけどさ」

「ああ、でも一つだけスターになる為に欠けているものがある」

「何だよ」

「名前だ」

「名前？」

いきなり、屋台の店主が会話に割り込んでくる。

「おい、オーム・プラカーシュ・マキジャー！　ツケが溜まってるぞ、いい加減、払え！」

「払うよ、払う払う。また今度」

「とか言って。来生で払うなんて言うんじゃないだろうな」

「確かに。こんな湿気た揚げパンばかり食べてたら、あっという間に来生だ」

何！　とこん棒を振り上げる店主。「まあまあ」と間に入り、店主を追い払うパップー。

「大スターになった暁には、こんなボロイ店潰してやる」

「その意気だ、オーム。その為にも、改名しろ。オーム・プラカーシュ・マキジャー、なんて。こんなパッとしない名前のままだと、スターになる日は一生来ないぞ」

「じゃあ、例えばどんな名前がいいと思う？」

「そうだな――」

二人の前に外車が停まる。

「おっと！　見ろ！　憧れの大スターが来たぞ！」

二人は、外車から降りる人物の姿を見ると、その名を叫んだ。

「ラージェシュ・カプール！」

今日の主役、ラージェシュ・カプールが撮影所に登場するやいなや、周囲の空気が一変する。女達は恋焦がれる瞳でラージェシュを見つめ、男達は羨望の眼差しでラージェシュを見つめる。もちろん、オームもその中の一人だ。

「あーあ。あんな風に生きられたら、世界は全く違うように見えるんだろうなあ」

「だから！　その為にも、名前を変えろって言ってんの。マキジャーなんてダサい苗字は捨てて、お前もカプールとか、クマールとか。スターらしい名前にしろよ」

「――そうだな、よし！」

スターになる為なら、なんだってしてやる。そのぐらい本気なんだ。しかし、名前を変えるとなると、一つ乗り越えなければならない難関がある。

それは、母親のベラだ。

オームは、死んだ父親が残してくれた白壁の小さな2階建ての家に母親と二人で住んで

あんな風に生
世界は全く違
えるんだろう

いる。母親のベラは、元女優ということもあり同年代の女性達より若く見え、そして気品がある。

——が、それは平常心を保っている間の話。ベラは一度怒り出すと手もつけられないほどの大声をはりあげ、芝居がかった大袈裟な口調でくどくどと文句を言い始めるのだ。

家に戻ったオームはパップーの提案を受け、ベラに「改名したいんだけど」と申し出た。

「名前を変えるなんて、ダメよ!!」

ここ数年で一番の大声。思わず耳をふさぐオーム。ベラは祈るように手を合わせ、悲劇のヒロインの情感たっぷりにグチグチ文句を言い始める。

「なんてことでしょう。こんなことがあっていいのかしら。かわいいかわいい息子、私のオームが『名前を変えたい』なんて言い出すなんて。素晴らしい名前なのに、いったいどこが気に入らないの？

『オーム』とは、神に祈りをささげる言葉。『プラカーシュ』は、光を意味する言葉だというのに」

「じゃあ、母さん。『マキジャー』は、どう説明する？」

「マキジャー？　それは、ええっと……」

「ほら、答えられない。ねえ、母さん、覚えてる？　僕が子供の頃、嫌な奴らに『マッキー（蝿）』て呼ばれてたの。そのことを知っているパップーが、改名しろって言ってきたんだ。『オーム』もいい。『プラカーシュ』も悪くない。でも『マキジャー』だけはダメだって。この苗字である限り、僕はスターになれない。絶対に無理だ！」

「そんなことないよ。お前なら必ずスターになれる。母さんには分かるよ」

　オームの手をとり、自分の両手で包むベラ。

「お前の夢は、この母さんが保証する」

　しかし、オームはその手を振り払って、怒鳴った。

「そんな保証に何の意味があるんだよ！　名前が『マキジャー』である限り、僕は永遠にスターにはなれない。僕の人生は、脇役のまま終わってしまうんだよ。――父さんのように！」

「ああ。天国のあなた……。息子の暴言を聞く前に、死んで良かった」

　よよよ、と泣き崩れるベラ。

「はい、カット！　だから母さん、芝居がいちいち大袈裟なんだって。だから一度も主役に選ばれなかったんだよ」

しおらしく泣いていたベラは、フン、と立ち上がってオームに詰め寄る。

「私の演技が大袈裟だって？　何言ってんだい。私は超大作の最終のスクリーンテストまで進んだことだってあるんだよ」

「何度も聞いた。『偉大なるムガル帝国』だろ？」

「そうよ。あの時、お前を妊娠してなきゃ、主演はきっと私だったんだ。もちろん、映画の出来は悪くなかった。主演女優の演技もね。でも、もし私があれをやっていたら――」

「ムガル帝国は、大コケ帝国になってたさ」

「オーム！　なんてこと言うの！」

「母さんは、脇役専門女優。父さんも脇役一筋」

「オーム……」

「そして、僕も一生脇役なんだ。……もういいよ、名前のことは。母さんに相談した僕がバカだった」

肩を落として表に出ていくオーム。

「オーム！　待って。あなたの好物、ミルク粥があるのよ？」

しかし、オームは振り返ることもなく、どこかに出かけていってしまった。

表で様子を覗っていたパップーが窓の外から、ベラに声をかけてくる。

「おばさん。すごい声が聞こえてきたけど。大丈夫？」

「大丈夫なんかじゃないわよ。パップー。あんたもあんたよ。うちの子に名前を変えろだなんて」

「ごめんよ。でもさ、俺はオームにはどうしても幸せになってほしいんだ」

物心ついた時から、両親のいないパップー。彼にとって、オームは兄貴のような存在であり、子供の頃から自分の息子と分け隔てなく接してくれてきたベラは、本当の母親のような存在なのだ。

部屋に入り、落ち込むベラの背中を優しくさするパップー。

「まあ、そう心配しないでよ。おばさん。何があってもこのパップー様だけは、オームの味方であり続けるからさ」

「それにしても、あの子、いったいどこに行っちゃったんだろうね。大好物のミルク粥も無視して出かけるなんて」

「あー。それはたぶん、彼女に会いにいったんだな」

「彼女ッ!?　聞いてないわよ、そんなこと！」

パップーは、まあまあとベラを落ち着かせる。

「自然の摂理さ。オームだって、年頃の男性なんだ」


パップーの言う通り。オームは恋をしていた。彼女の名前は、シャンティプリヤ。初めて彼女を見た瞬間のことを今でも覚えている。吸い込まれそうな瞳に、艶々の黒髪。そして、まるで外国の猫のようにしなる美しい身体。彼女は、完璧。オームの心にある隙間にぴったりと嵌《はま》り、甘くとろけるような恋心でいっぱい満たしてくれたのだ。

彼女に会えるいつもの公園。デレデレと彼女に話かけるオームのことは、近所でも噂になっていた。

「シャンティ。元気だった？　……ん？　変わりない？

僕が何故会いにくるか分かるよね？


君は夢をくれる。勇気も与えてくれる。

君は夢をくれる。勇気も与えてくれる。

僕の憧れ、僕の理想だ。君は。――ねえ、退屈してないよね？

……ん？　そっか、良かった。ありがと」

静かに微笑み、オームの話を聞いてくれるシャンティ。

彼女にメロメロのオームには、これが至福の時間だった。――たとえそれが、ポスター相手だったとしても。

シャンティは若手ナンバーワンの人気女優。大スターだ。

少しでも彼女に近づきたい。だから、オームはスターを目指して頑張っているのだ。

「ねえ、シャンティ。

僕って、そこそこイケてると思うんだ。演技だって、悪くない。

母さんもパップーも僕ならスターになれるって言ってくれてる。

1日も早く君の隣に立ちたい。

だから、何としても、いつか大スターになって！　……ごめん、退屈してない？　……

ありがと。君は本当に優しいよね。

僕の話を笑顔で聞いてくれる。嬉しいよ。

君を愛するファンは何百人もいるよね。けど、断言する。

誰よりも深く君を愛しているのは、この僕だ。

それは、君が有名なスターだからじゃない。たとえ脇役だったとしても、**この愛は消えたりしない！** 待ってて。いつか必ず会いにいくから」

今、シャンティはどこにいるんだろう。それを考えるだけで、とても切ない気分になる。

どこかの映画スタジオだろうか、それともどこかのロケ地？　姿はこんなに近くにあるのに、魂は遠く離れている。なかなか彼女にたどり着けない自分の立場がもどかしく、オームの胸はひどく痛んだ。

「もうすぐ会えるさ」

声に振り返るオーム。いつの間にか、背後にパップーとベラが立っていた。

「パップー！　それに母さんも！　いつからいたんだ？　声かけてよ！」

「聞き惚れていたのよ、ずっとね」

オームの隣に立ち、シャンティのポスターを見つめるベラ。

「私にも、嫁の顔を拝ませて」

「からかわないでよ、母さん」

「いいじゃないの。本当、宝石のようなお嬢さんだわ」

「……母さん、さっきはごめん。つい、カッとしてさ」

ベラは、オームの顔を優しく両手で包む。

「怒ってないわよ、オーム。いいかい。お前は必ずスターになる。この顔が、いつか、あんな風なポスターになる日が来るんだわ。**私の中にある母の心がそう言ってるの。**オーム。手を出してごらんなさい」

ベラに言われるままに、片手を差し出すオーム。ベラは、祈りを込めるようにオームの手首に赤い紐を結びつけた。

「これは、うちに代々伝わるサイババの守り紐。これはね、願いを叶えてくれるの。これを付けていれば、シャンティにも必ず会えるわ」

「本当?」

「本当」

ベラが付けてくれた守り紐を見つめ、幸せそうに微笑むオーム。

パップーは、力強く二人の肩を抱く。

「その守り紐の効果なら、早速今夜現れるかもね」

「どういうことだ？」

「今晩、お前は彼女に会える！」

「え？」

「説明は後だ。とにかく今夜7時！　一張羅を着て集合だ！」

デリーの夜空に美しい花火が上がる。

街で一番大きな映画館。今夜、ここで映画『ドリーミー・ガール』のプレミア試写会が行われるのだ。

主演はもちろん、人気ナンバーワン女優のシャンティプリヤ。

試写会には、多くの映画関係者が訪れ、マスコミが取り囲むレッドカーペットの上を、次々通り過ぎていく。さらにその周りを取り囲む群衆《ギャラリー》。その中に、一張羅を着たオームと

今、僕の前にいる・・・！

パップーの姿があった。

「なるほどな、お前冴えてるよ。パップー！　確かに、ここで入り待ちしていれば、シャンティの姿を拝むことができる。ああ、最高！　なあ、パップー、今日の僕の服、どうだ？」

「——あ、うん。イケてるよ。さすが、衣装部屋から失敬してきた物だけある」

「ん？」

「まあまあ。オーム。今日はただの始まりに過ぎない。俺達の夢は、いつかあのレッドカーペットの上を歩くことだ。そうだろ？」

「ああ、そうだな」

二人はレッドカーペットを見つめる。そこにはちょうど到着した大スター、ラージェシュ・カプールとその妻の姿があった。インタビュアーの取材を受ける二人。

「ラージェシュさん、嬉しいニュースはいつ聞けるでしょうか？」

「さあ、どうかな。来週には分かるよ。たぶん、去年と同じだろうけどね」

来週、ムンバイでは、映画の祭典「フィルムフェアマガジン賞」の授賞式が行われる。

ラージェシュは、主演男優賞の最有力候補。今年も受賞すれば2年連続の快挙だ。

しかし、ラージェシュとその妻には別の、もっと嬉しいニュースが控えていた。妻は今、妊娠8か月。あと、ひと月ちょっとで家族が増えるのだ。地位と名誉、そして幸せな家族。何もかもを手にしたラージェシュ・カプール。彼の家に生まれてくる子供は、なんてラッキーなんだろう。遠く離れた場所で、ラージェシュを見つめるオームは、そんなことを考えていた。

会場の音楽が変わる。ハッとするオーム。司会者は、到着した高級外車を指さし、こう叫ぶ。「皆さん、お待ちかね。今夜のスターが到着しました。まさに夢見るドリーミー・ガール。シャンティプリヤ！」

外車の後部座席が開き、ミュールを履いた細い美しい足が姿を現す。その場にいたマスコミのカメラが、一斉に彼女にカメラを向けた。主演女優、シャンティプリヤの登場。息をのむオーム。その瞬間、まるで時間の歯車が狂ったかのように、何もかもがスローモーションに見えた。

いつもスクリーンの中でしか見ることのなかった彼女。その彼女が、今、自分のすぐ目の前を通り過ぎる。歩く足の運び方も、口元の笑みも、長いまつ毛の瞳が瞬きする瞬間も、何一つ見逃したくない。夢じゃない。今、僕の前に生身の彼女がいる……！　「やあ、シャンティ。元気？」なんて、とても口にすることができない。息をするのも忘れてしまいそうなのに。

華やかさと同時に、近寄りがたい畏怖感がある。それが、大スターの持つ資質というやつだ。

その場に固まったまま、何もすることができないオーム。

ああ、待って。行かないで。僕は、ここにいるよ！　オームは思わず、彼女に向かって手を伸ばした。

そのわずかな勇気が奇跡を起こす。

ベラが手首に巻いてくれたサイババの守り紐が、彼女が被る高級シルクのベールに引っかかってしまったのだ。焦るオーム。無理に引っ張ったら、彼女が転倒してしまう。

なんとか、紐とベールを解こうと、オームは、群衆の前に出て、レッドカーペットを歩くシャンティの後をついて歩いた。

夢みたいだ。今、彼女は誰よりも僕の傍にいる。あれほど遠かった世界が、こんなに近くにあるなんて――。

フラッシュを浴びながら、歩くシャンティは、ふとベールを誰かに引っ張られたような気がして振り返る。そして、背後に立つオームの存在に気づいた。

「……?」

オームは、困った顔をして、絡んだ自分の紐とベールをシャンティに見せた。

慌てる周りのスタッフ達。しかし、シャンティはそれを制止し、嫌な顔もせず「貸して」と、絡み合ったオームの紐と自分のベールを解いてくれた。

話しかけるなら今だ。しかし、緊張のあまり頭は真っ白。

「あ、あの――」

「……?」

ようやく、その一言が出た時、オームは駆けつけてきた警備員に取り押さえられ、彼女と引き離されてしまった。

あああ、待って！　と彼女に手を伸ばすオーム。そんなオームを見つめ、シャンティは楽しそうに微笑む。面白い人、と。

オームは、警備員に首根っこを捕まれ、会場外に連れ出されてしまう。慌てて駆けつけてくるパップー。

「おい、オーム！　うまくやったじゃないか！　握手の代わりに、ベールを掴むなんて、この憎い奴め！」

「偶然だよ、偶然――」

「まあいい。お楽しみはこれからさ。映画が始まる。早く入ろう！」

「入ろうって、チケットは？」

「ジャ、ジャーン！」

パップーは、2枚のチケットを懐から取り出す。オームが騒ぎを起こしている間に、ちゃっかり来場者の一人から失敬していたのだ。


大スター、シャンティプリヤの主演映画ということもあって『ドリーミー・ガール』のプレミア試写会は満員御礼だ。開始1時間経過しても席を立つ客は一人もいない。みんなスクリーンの中のシャンティに釘付けになっていた。しかし、オームだけは違う。スクリーンは見ずにバルコニー席に座るシャンティを眺めていた。生の彼女をこんなにたくさん眺められるなんて、一生に一度のチャンスかもしれない。オームは、この1分1秒を無駄にしてたまるか、と彼女を見つめ続けた。

今回、シャンティが演じたのは人妻の役。人妻である証、シンドゥールを付け、夫にこう訴える。

「一筋のシンドゥール。その価値があなたに分かる？　あの赤い粉は、神の恩寵なのよ。幸せな妻という証。それが、髪のシンドゥール」

会場を埋めつくす観客は、シャンティの情熱的な言葉にうっとりため息をつく。しかし、当のシャンティはその場面に差し掛かった瞬間、何故か切ない表情を浮かべた。オームは、そんなシャンティのわずかな変化も見逃さない。彼女は、何か悩みでも抱えているのだろうか？

そこに突然、警備員がやってくる。

「あいつらだ！　あいつらが、他人のチケットを盗んで会場に忍び込んだんだ！」

楽しい時間は続かない。オームとパップーは会場から逃げ出す。突然巻き起こった騒動に、バルコニー席のシャンティは驚く。階下でオームとパップーが警備員の追跡を交わし

この1分1秒を無駄にしてたまるか。

て外に逃げようとしている。

「あの人、さっきの……」

身を乗り出してドタバタ劇を見つめるシャンティ。その視線に気づいたオームは、シャンティに向かって投げキッス。思わず笑ってしまうシャンティ。オームとパップーは、なんとか逃げおおせ、劇場を飛び出していった。その一部始終を見ていたシャンティは「本当に面白い人」とほほ笑んだ。

プレミア試写会を出たオームとパップー。しかし、まだ興奮は冷めやらず、だ。

帰り道、オームは市場の片隅に置いてある木箱をステージに見立て、さっき見たシャンティのセリフを諳《そら》んじて見せた。

「一筋のシンドゥール。その価値があなたに分かる？　あの赤い粉は、神の恩寵なのよ。幸せな妻という証。それが、髪のシンドゥール」

いいね！　と手を叩くパップー。楽しそうな二人の周りに、近くに住む子供達も集まってくる。調子づいたオームの熱演は続く。

「女なら、誰でも夢見るわ。人妻を表すシンドゥールを！」

ブラボー！　と盛り上がるパップーと、集まった子供達。パップーは、誇らしげにオームの肩を抱く。

「ほれぼれするね、まったく。本当に名演技だ」

「パップー、俺は断言するよ」

「何をだ？」

「今年のフィルムフェアマガジンの主演女優賞はシャンティプリヤ。きっと彼女だ」

「かもな！　でさ、もしここに審査員がいたら、主演男優賞は絶対にお前のモンだよ」

「そうか？」

「ああ！」

「じゃあ、これも断言」

「ん？」

「僕も、いつか必ず賞を獲る」

「当たり前だよ、絶対さ」

安い屋台が立ち並ぶ、市場の一角。オームは、木箱の上に立ったまま街を見渡す。

「そして、いつか僕がスターになった暁には、そうだな……ああ、あれだ！　あの家を僕ん家にする！」

オームが指を指したのは、はるか彼方に見える立派な門構えの豪邸。ラージェシュ・カプールの邸宅だ。

「おっ、いいねえ」

「もし、僕があの家に住むことになったら、うんと粋に暮らすんだ。車は外車ばかり15台！」

「粋だねえ！」

「使用人は、50人をくだらない！」

「粋だねえ！」

「その上、毎晩寝るのは映画のセットみたいな金ピカのベッドでさ」

イエイと、ハイタッチをするオームとパップー。

オームの妄想は止まらない。

「寝室の床は大理石。僕が床に降り立つ前に使用人がスリッパを履かせるんだ。そして、別の使用人が絹のガウンを肩にかけて、そしてそこに新鮮な朝のジュースが運ばれてくる」

「くうう、オーム！　そんな話を聞いてたら、なんだか泣けてきたよ」

「なんでだよ」

「今すぐにでも、俺がお前にフィルムフェアマガジン賞をあげたい！　でも、今日のところは、これで我慢してくれ。ボトル賞だ」

パップーは、路上に落ちていた酒瓶をオームに渡す。

大げさに喜んで見せるオーム。

「これを？　僕に？　ボトル賞！　なんて嬉しいんだ！　じゃあ、ついでにパップー。受賞スピーチもやらせてくれるか」

「そりゃいいや、是非聞かせてくれ。みんな、これから大スターオーム様のスピーチが始まるぞ！」

大きく深呼吸をして咳払いを一つ。オームは力のこもった声でスピーチを始める。

「レディース・アンド・ジェントルメン！　僕は、この主演男優賞を獲得する為に刻苦勉《こっくべん》励《れい》してきました！　すると、この世の全存在が加担し――」

「タイム、タイム！　おい、オーム。そんなスピーチじゃ、何言っているのか分からないよ！」

「あ、そうか。じゃあ、簡単にするよ」

「よろしく。はい、テイクツー！」

「レディース・アンド・ジェントルメン！　誰かが言った。心から強く求めれば、世界中が味方をして、望んだ物は必ず手に入ると。

皆さんが、僕を後押ししてくれた。本当にありがとう！」

笑顔でスピーチを聞いてくれるパップー、そして集まってきた子供達に投げキッスをするオーム。スピーチは徐々に熱を増していく。

「感謝します。まるで世界の王様になったような気分です！　――今こそ、信じられます。

人生というのは、映画と同じなんだ。最後はみんなハッピーになる。

ハッピーエンド。ハッピーでなきゃ、エンドじゃない。映画は、不幸のままじゃ絶対に終わらない！　ハッピーエンドまでは『つづく』物語。みんな、愛してるよ！　パップーも、母さんも、シャンティプリヤ！　ここにいるみんな全員！　そして大豪邸に住むラージェシュさんも！」

「うるせえ、この大根役者！」

　ガツッとオームの背中に石が当たる。路上に寝ていた浮浪者が、オームに向かって石を投げつけてきたのだ。

「なんだよ、折角いいところだったのに」

「そうだそうだ、オヤジ！　邪魔するな」

「なんだと」と起き上がる浮浪者。どうやら、洒落が通じなさそうな相手だ。

「人が寝ていたのに、起こしやがって。やるか!?　この野郎！」

「ヤバイ、逃げるか。オーム」

「そうだな」

　オームとパップーは、その場から逃げ出した。


　自宅に戻ったオーム。色々あったけど、今日は最高の1日だった。たった一瞬だけれども、シャンティが僕に微笑みかけてくれた。それだけで、これから1年……いや、10年楽しく生きていけそうだ。

オームが、ご機嫌で家に入るとキッチンでベラが寝ずに待っていた。

「オーム、やっと帰ったね」

「ああ……うん、まあね」

「あんまり遅いんだもの。心配したじゃないの」

「大袈裟な母さん。心配なんていらないよ。どんなに遅くなっても、

僕は必ず戻るから。

約束する」

ベラに優しくキスをするオーム。

「ほら、早く手を洗ってらっしゃい。ご飯食べなきゃ」

「ああ、要らないよ。食べてきた」

ふう、と息を吐くオーム。ベラは、鼻をヒクヒクさせて、

「お酒も飲んだね」

「少しね」

オームは窓の外を見る。今日は満月だ。

「母さん、よく僕に月の話を聞かせてくれたよね」

「月？」

「うん、お月様。ほら、母さんもここに来て、一緒に見て」

並んで、金色に輝く月を眺めるオームとベラ。

「あれは月に見えるけど、本当は自分の夢だって。母さんは言ってた。……母さん、僕は今日、その夢に触ってきたよ。すごいだろ？」

「うん……」

「だから、言ったでしょ。必ず願いは叶うって」

話をしながら、疲れてウトウトし始めるオーム。ベラはオームの額にキスをする。

「早く寝なさい。明日もロケの仕事があるんでしょ」

「ん……」

「あなたのズボンに名前を刺繍しといたよ。衣装部屋で、すぐ自分のだって分かるだろ？」

「母さん。いくつだと思ってるんだよ。いつまでも子供扱いしないで」

「何言ってるの。あなたは、いつまでも私の王子よ」

オームはベッドに入って、目を閉じる。しかし、頭の中ではまだシャンティが踊り続けている。**恋なんてするもんじゃない。恋をしたばっかりに夜も眠れない。**

「また、いつか彼女に会えたらいいな」

オームは、ぽつりとそう呟き、深い眠りについた。


オーム達の仕事は、日雇い労働者に似ている。所属する芸能事務所にテレビや映画のエキストラの募集がきて、それに応募した役者の中からニーズに合った人が選ばれ、現場に出向く。運良くキャストに欠員があれば、名前のある役や、セリフの多い役に選ばれることもある。しかし、逆に現場の都合で撮影自体が無くなればその日1日の収入がゼロだ。吉と出るか凶と出るか。すべては運まかせなのだ。

夢のような一晩を過ごしたオームが、翌日、パップーと一緒に二日酔いで重い身体を引きずって撮影所にやってくると「今日の撮影は中止」と書かれた看板が立っていた。

ワガママ大物俳優が「朝食が気に入らない」と言って帰ってしまったそうだ。

「折角、来たのに。ついてないな」

「ったく。いいよな。そんな理由で仕事が休めて」

「――で、今日、これからどうしよう」

「市場に行って、積み荷のバイトでも探すか」

「いきなり行っても、仕事なんかくれないよ」

オームとパップーが途方に暮れていると、一人の若いADが走ってきた。

「君ら、もしかしてヒマ？　エキストラを探してるんだけど」

ADの前に立ちはだかるパップー。

「失礼な奴だな。この方は未来の大スター、オーム様だぞ。……まあ、話だけは聞いてやっても、いいがな。……で、どんな仕事だ？」

「ここから車で30分ほど行った先の荒野でロケをしてるんだけど、エキストラに欠員が出て困ってるんだ」

「台本は？　内容を見てから決める」

「そんなもんないよ。口で説明するから理解して。内容は西部劇風アクション大作。主人公のガンマンが、美しいヒロインを火事から救い出すんだ。そこで、野次馬のエキストラ達がヤンヤ、ヤンヤ！『キャー、かっこいい！』『さすが彼だ！』と周りで盛り上げる！」

「それだけ？」

「それだけ」

はあ、とため息をつくオームとパップー。

「その程度のことなら、スタッフ達でやればいいじゃないか」

「……だよな。悪かったよ。こんなつまんない仕事頼んで。ヒロインが、シャンティプリヤだから、喜ぶかと思って」

帰ろうとするＡＤの肩をガシッと掴むオーム。

「誰だって？」

「え、だから、シャンティプリヤ」

「出ますよ、出ますとも！　……いえ、出させてください！」

「え」

「なんでもやります。荒野を飛ぶハエの役でもいいです！　僕をその映画に出させてください！」

「良かった。……あ、言い忘れてたけど、車出せないから交通費自腹で現場まで行ってもらうよ？」

「もちろんですとも！」

オームとパップーは「ブルンブルン」とパントマイムで、バイクに乗る恰好をする。

「車はないので、自力で走っていきます！」

「ああ、あと、これも言い忘れてたけど、かなり本格派の監督だから。いまだかつてない迫力のある火事のシーンを撮りたいって言ってるんだ。エキストラの一人や二人、黒焦げにしても構わないって。そんな現場だけど、いい？」

「黒焦げ、上等!!」

待ちきれない、といった様子で、オームとパップーはバイク乗りのパントマイムのままロケ地に向かって走っていった。

その場に残されたADは苦笑い。

「とんだ役者バカ……いや、ただのバカか」

現場まで、一度も休まず全力疾走したオームとパップー。約束の時間を5分過ぎてしまったが、ラッキーなことに撮影が押していた為、出番に間に合うことができた。ロケ地に設置されたエキストラ控室のテントに入り、急いでメイクをしてもらう二人。口の周りにモッサリとした口ひげ。その糊のせいで、口がうまく動かない。

「これじゃセリフが喋れないよ」

「いいじゃないか、オーム。このメイクのお陰で、誰が誰だか分からないし」

「ん？　どういう意味だ？」

「シャンティに、ただのエキストラ俳優だと知られてもいいのか？」

「なるほど。お前、本当に冴えてるな」

二人が表に出ると、セットとして作った畑の周辺で着々と火事のシーンの準備が行われていた。中心に立って現場を指揮する助監督。オームはわざとらしく咳払いをしながら彼に近づく。

「失礼、助監督。今日の撮影ですが、どんな感じですか？　僕らのセリフは？」

「ああ、欠員を埋めにきてくれたエキストラ達ね。次のシーンは、畑で起きる大火事。お前らのセリフは『逃げろ！』だ」

「フンフン、それから？」

「終わり」

「え⁉」

立ち去ろうとする助監督を取り押さえるパップー。

「待ってくださいよ。『逃げろ！』だけなんて、味気なさすぎ！」

ジロ、とパップーを睨む助監督。

「台本書いたの、俺だぞ」

いやいやいや、と腰を低くしながら助監督にすり寄るオーム。

「サイコーですよ、サイコー！『逃げろ！』この一言で観客が盛り上がる！　……でも、かっこいいセリフも、ちょっぴり入れてもらえませんかね」

「お願い！」

愛想笑いを浮かべる二人。監督は、呆れたようにため息をつく。

「あのな、かっこいいセリフっていうのは全部、主役の物なんだよ」

助監督は、ロケ地の一角で待機する主演俳優、リッキーを指さした。

リッキー自身も、これが初主演作品で気合が入っている。

「リッキー？　あのクソ……」パップーが悪態をつこうとするが、オームが「よせ」と止めた。誰がなんと言おうと、この場で一番偉いのは主役を演じる彼だ。エキストラの自分達にどうこう言う資格はない。


朝10時半に、現場入りしたオームとパップー。しかし、正午を過ぎても火事のシーンの撮影は始まらなかった。現場は大混乱。オーム達エキストラは、メイクをさせられたまま、太陽が照り付ける荒野で延々と待たされている。イラついたエキストラの一人が、ブツブツと文句を言い出した。「騒動の原因は、ヒロイン役のシャンティプリヤだそうだ」

男の話によると、シャンティがテントから出てこない為、監督が激怒。これから、プロデューサーが事情を聴きに駆けつけてくるらしい。

「ギャラの未払いでもあったんじゃないか」

「まさか。大物プロデューサー、ムケーシュの作品だぞ」

「大物だろうが、関係ない。大女優のスター様にとっちゃ、クソ同然なんだよ」

聞き捨てならない、と男に掴みかかるオーム。

「シャンティさんは、そんな人じゃない。それに、プロデューサーのムケーシュさんも。失礼なことを言うな！」

現代のショービジネス界を担うやり手のプロデューサー、ムケーシュ。シャンティは、わずか16歳の時に彼に見いだされ、映画『年長者にご挨拶』で鮮烈なデビューを果たした。今のシャンティがあるのは、彼のお陰といっても過言ではない。


はるか向こうから、クラシックな外車がやってくる。

噂をすれば、だ。姿を現したのはプロデューサーのムケーシュ。車を降りた彼の周りに、売れない女優達が群がっていく。オームは基本、目に見えない物は信じないが、ムケーシュを見ていると、この地球上にフェロモンなる女をうっとりさせる物質が確かにあるのだ、と信じざるを得ない。両親のどちらかが、俳優かモデルでもしていたのだろうか。彫りの深い顔に、余計な脂肪の付いていないスラリとした長身。オーダーメイドであろう流行りの茶色いスーツをちょっと崩す着方はセンスの良さを表している。やり手の男で、強烈な個性と色気。その上、映画界を牛耳るほどの地位と名誉も持っている。神は、いったい、いくつの物を彼に与えたのだろう?

「大丈夫。シャンティは間もなく出てくる」

ムケーシュがシャンティのテントに入ってから10分足らず。彼は、外に出てきた。安堵したスタッフは、口々に「さすが、ムケーシュさん」と感謝の意を述べた。ムケーシュはその場にいる監督、スタッフ、キャスト達の前で撮影再開を告げる。

「細かいことにはこだわらずに、進めばいい。それがボンベイの映画だ。さあ、始めよう!」

カメラマンはスタンバイし、主役のリッキー、そして他のキャスト達も自分の立ち位置につく。オームとパップーも、その他大勢的配置につこうと歩き出す。その時、テントから、鮮やかなパープルのサリーを身にまとったシャンティが姿を現した。今日の彼女はまた一段と綺麗だ。まさか、こんなに早く彼女との〝二度目〟があるなんて――。

オームはベラがくれた手首の守り紐をもう片方の手でそっと握りしめた。「これ、本当にご利益があるかもしれない」と。

スタンバイする主演のリッキーとシャンティ。

「シャンティ、ベイビー。いったい、どうしたんだよ。ずっと待ってたんだよ」

シャンティは、まだご機嫌斜めなのか、黙ったまま。

「この撮影の後、何か予定ある？」

「自殺したい」

「君となら、死んだっていいぜ」

「……冗談はやめて。ほら、始まるわよ」

カメラの横のディレクターズチェアに座る監督が「本番いくぞ！」と叫ぶ。

「用意、スタート！」

合図と同時にカメラが回る。ファインダー越しに見える景色は、インドの片田舎ではなくアメリカ西部の荒野だ。嘘を本物のように作り替える。これが、映画製作の醍醐味だ。

まさか、こんなに早く彼女との〝二度目〟があるなんて——。

　脇に控えていたスタッフが、セットとして作り上げた畑の藁に火をつける。乾燥した藁と、撒いておいたガソリンの相乗効果で、畑は一瞬にして火の海と化した。

　エキストラのオームは自分に用意された、たった一言のセリフ「逃げろ！」を繰り返しながら、カメラの前をいったりきたりする。

　できるだけ本物に近い絵を撮りたいと張り切る監督。炎の勢いがどんどん増していく。

　シャンティは、恐怖を感じ、思わず芝居を止めてしまう。

　カメラの前に立つリッキーに監督が指示を出す。

「リッキー、早く火に飛び込め」

「バカ言え。火の勢いがもっと弱まってから飛び込むよ」

　エキストラの仕事を終えたオームは、シャンティを見つめていた。

　激しい炎の中、シャンティは「どうなってるの、もう無理、火を消して！」と必死に叫んでいる。額には汗が浮かび上がり、大きな瞳には涙。迫真の演技……？　いや、違う！

　シャンティは本気で怯えているんだ！

　監督とリッキーを見るオーム。二人は彼女のことなどすっかり忘れ揉め事の真っ最中だ。

「早く火に飛び込めよ！」

「俺には嫁がいるんだ！　こんな危険なことできるか！」

そんなやり取りをしている最中も、シャンティは苦しそうに「助けて」と叫び続けている。見かねたオームが、監督とリッキーの間に割って入った。

「シャンティさんが危ない！　助けなきゃ、早く行ってよ！」

「そんなに心配だったら、自分で行けよ！　俺は帰る。やってられるか！」

怒って帰ってしまうリッキー。背後で、助監督が叫ぶ。

「ダメだ！　危険すぎる！　誰か、火に飛び込んで、彼女を助け出してくれ！」

ほぼ同時に、オームは炎の中に飛び込んでいった。CGじゃない。リアルな炎だ。

必死にシャンティの元に向かおうとするが、灼熱の風がそれを阻む。

「シャンティさん！」

声に振り返るシャンティ。見知らぬ男が、自分を救おうと走ってきた。

「お願い、助けて！」

「じっとしてて、今、行きますから！」

炎は、周囲のセットにまで延焼し、焼けた瓦礫がオームの上に倒れてくる。

「オーム、気を付けろ！」パップーが叫ぶ。しかし、オームは怯まない。炎を必死によけながら、シャンティの元に駆けつけていく。その場にいるすべての人がオームの行動を見守った。

しかし、シャンティとオームの間には、激しい炎の壁。一か八か……！　オームは、炎を飛び越えて、シャンティの前に着地する。そして、シャンティの手を引いてその身体を抱き上げた。

その後、その場にいるすべての人が、信じられない光景を見る。名もない一人のエキストラがシャンティを抱いて、炎の中から生還したのだ。

安堵する間もなく、シャンティは救護室に運ばれた。ヒロインを救出したオームは、ヒーローさながら、その場にいた全員から勇敢な行動を讃えられた。

「オーム！　お前、大丈夫か⁉」

「ああ、大丈夫だ！」

しかし、パップーはオームの姿を見て青ざめる。

「……いや、大丈夫じゃないと思う」

「え?」

「お前、背中が燃えてる!」

オームの背中は炎に焼かれ、露出した肌は大やけどを負っていた。緊張の糸がほどけた瞬間、オームは全身に激痛を感じ、そして、目の前がだんだんと暗くなっていった。薄れていく意識の中、遠くから監督の声が聞こえる。

「よし、カット! 上出来だ!」


結局、その後の撮影はすべて中止となり、控室のテントはオームの治療室と変貌した。背中一帯にガーゼを張られたオームはベッドの上にうつぶせで横たわっている。

「痛いか?」

「……ああ」

パップーは火傷をしたオームの尻を叩く。ぎゃあ、と悲鳴を上げるオーム。

「まったく、このバカ。おい、ちゃんと俺を見ろ! お前に何かあったら、お袋さんになんて言えばいい？　――あ？」

「だって、シャンティが……」

「シャンティは、ほっとけ！　誰かが助ける！」

オームの周りをウロウロしながら、説教をするパップー。

「だがな、お前はどうだ。ええ？　誰が助けるって言うんだ？　……だから、俺を見ろって！」

「お前がウロウロするから、目で追いきれないんだよ！」

「うるさい！　――この程度の火傷で済んでありがたいと思えよ。もし、顔を火傷していたら……未来のスーパースター候補が、ホラー街道まっしぐらだ！」

「それがどうした！」

オームは「イタタ」と言いながら立ち上がる。

「顔なんて、どうだっていい。もしも、焼け死んだって。むしろ、本望だ！」

背後から、診察を終えたシャンティが入ってくる。「あの」と声をかけようとするが、オームの熱弁っぷりに声をかけることができない。それに気づかず、彼女への思いを語るオーム。

「何も……考えてなかった。見えたものは、火の中で助けを求めるシャンティだけ。**必要なら、僕は何回でもやってやる！** 百回でも千回でも彼女を助ける為だったら火に入るよ。だって、シャンティがいなくなったら僕の夢も消えてしまうんだ」

黙ったままオームの話を聞いていたパップー。ふと見ると、背後にシャンティが立っている。吹き出しそうになるパップー。

「……何がおかしい。こっちを見ろ」

笑いを堪えるパップーは必死に「後ろ、後ろ」とジェスチャーする。

「何だ、それ。お前、人をバカにしてるのか。後ろにいったい、何が――」

振り返るオーム。真後ろに佇むシャンティを見て硬直……！

シャンティは、まっすぐオームを見つめて、感謝の気持ちを伝えた。

「こんなことは初めてよ。あなたみたいに優しい人がこの世にいたなんて。見ず知らずの他人なのに――」

――君にとっては、見ず知らずかもしれないけど、僕は君をよく知ってる。君は僕の大切な人なんだ。……と言いたいオーム。しかし、あまりの感動と衝撃で言葉を発せない。

「名前を教えて？」シャンティの問いかけにも、オームは何も答えられない。

――バカ、なんでこんな大事な時に何も言えないんだ。ポスターの前なら、あんなにベラベラ喋れたのに。ああ、シャンティ、君に僕の気持ちを伝えたい。僕の名前はオーム。君の名前『シャンティ』とは、とても縁が深い名前なんだ。祈りの言葉で『シャンティ』の前後につく『オーム』それが僕の名前なんだ。

心の中でそう叫んでも、シャンティには全く伝わらない。シャンティは、額に汗を浮かべ、薄ら笑いを浮かべるだけのオームに困惑する。

「ねえ、口はきけるんでしょ？　名前を教えてくれないと、お礼も言えないわ」

「ウ、ウウ……」

困り果てるオーム。事情を察したパップーが、動けなくなったオームの手を掴んでシャンティの前に差し出した。

「この人はオーム。それが名前です」

不思議ね、あなたとはどこかで会ったような気がするの

「オーム？　……そう、私はシャンティよ、よろしく」

シャンティはオームの手を優しく握ってくれる。その感覚は、まるで電気ショックのように全身に駆け巡り、ようやくオームは金縛りから解放された。

「不思議ね、あなたとはどこかで会ったような気がするの」

オームが、シャンティのプレミア試写会で騒ぎを起こしたことを説明しようとすると、パップーが慌てて話を重ねてきた。

「ポスターじゃないですか？」

「ポスター？」

「ええ。こいつの主演作のポスターを見たんですよ！」

いきなり、何を言い出すんだ？　とパップーを見るオーム。パップーは「俺に任せとけ」と目くばせする。

「実は、このオームは南インドの新進俳優。オーム・スワミっていうんだ。とっても謙虚な奴でね。その主演映画も大ヒットしたんだよ」

「本当？」

「本当さ」

パップーの算段に気づくオーム。パップーは、オームがただのエキストラ俳優であることが彼女にバレないよう、咄嗟に作り話をしてくれているのだ。

「シャンティさん。今に見ててよ。このオームはボンベイ映画界でも、大スターになるかもしれないよ?」

驚いたようにパップーの話を聞いているシャンティ。「そんなバカな」と言って、笑うだろうか。オームとパップーがそう身構えていると、彼女は、映画では見せたこともないような子供っぽい顔で「当然よ」と笑ってくれた。

「ここにも、彼のファンがいるんだもの」

——ああ、神様! 断言してもいいです。たぶん、今この瞬間、僕が、**この世界で一番幸せな男だ!**

オームは勇気を振り絞って、声を発する。

「シャンティさん。……あの、僕と友達に」

「シャンティって呼んで」

「え？」

「シャンティ。いいわね」

「シャンティ……」

うん、と微笑んで頷いてくれるシャンティ。オームも、パップーと共に笑顔になる。

「オーム。今日は本当にありがとう——」

「ああ、ダメ。ごめんとありがとうは友情には禁句」

「ステキね、映画のセリフか何か？」

「あ、そうそう。オームは自分でセリフも考えて、書いちゃうんだ」

「そうだな、例えば……『君の瞳にメロメロ！』」

調子づくオームに、噴き出して笑うシャンティ。

「やった、ウケた！」

冗談を言い合って笑い合う三人。

もうすぐ日が暮れる。朝目覚めた時には憧れでしかなかった人が、今、目の前にいて、自分の冗談で笑ってくれている。

なんでもない1日の中にだって、

ちゃんと奇跡が隠されている。

これだから、生きるって素晴らしい。オームはそんなことを考えていた。

奇跡の1日から、一週間。さぞやバラ色の生活を送っているだろうと、オームの家を訪ねたパップー。しかし、彼を出迎えたベラは困ったようにこう告げた。

「あの子ったら、昨日からずっと食欲がないって言って、部屋に閉じこもっているのよ。パップー。悪いけど、話を聞いてあげてくれない？」

食欲がない？　恋煩いか？　そう思いながらパップーが部屋のドアを開けると、オームはシーツにくるまり、まるで石のようにジッとしていた。

「おい、どうしたんだよ。オーム。まるでヨガの修行僧みたいだ」

「なれるものなら、なりたいよ」

「ん？」

「……実は、昨日、シャンティから電話があったんだ」

「おお、いいじゃないか！　彼女、何だって？」

「『あなたの撮影現場を見てみたいわ』――だってさ」

「ええ!?」

「どうしよう。つい『いいよ』なんて、調子良く返事しちゃったけどさ。撮影現場なんて見に来られたら、僕が大スターじゃないことなんて、すぐにバレちゃうよ」

「うーん……」

「どうしよう。大惨事を招く前に、彼女に事実を正直に話すべきかな」

「何て？『僕はしがないエキストラです』って？」

「仕方ないだろ。他に手はないんだし」

「いや。手なら、まだある」

「え？」

「オーム。お前が、大スターになっちまえばいいんだよ！」

そう言うと、パップーは役者仲間や、大学の映画研究会の仲間達に一斉に声をかけた。

「アルバイト、しない？」と。

生きるって

撮影中のシャンティは、スタジオのメイク室で、スタッフ達と談笑している。

「シャンティさん、明日のオフは何をしてるんですか？」

「明日？　明日は……」

ふと、シャンティの表情が翳る。

「――予定が入ってたんだけど、ドタキャンになっちゃって。どうしようかなって思ってるとこ」

その時、ブブブと鏡の前に置いたシャンティの携帯が震えた。届いたメールを開くと、オームからだった。

「明日、ここで撮影やってるから来て」とのメッセージ。丁寧に地図までつけてある。シャンティは「早速、明日の予定が決まったわ」と嬉しそうに微笑んだ。

翌日、オームがくれた地図の場所までやってきたシャンティ。どうやら、田舎町の広場を使って撮影が行われるらしい。看板を運ぶスタッフやカメラを設置するスタッフ達。みんな忙しそうだ。しかし、大スターのオームが出るには小規模すぎる。まるで大学生が低予算の自主映画でも作っているかのレベルだ。

シャンティが片隅で様子を窺っていると、監督らしい若い青年が「用意、スタート」と合図をかけた。掲げられる看板。映画のタイトルは『踊るガンマン』。広場の一角にある建物から、サングラスのガンマンに扮したオームが姿を現した。

「よく聞け、俺は南からきたガンマンだ！　人呼んで、清く正しい、正義の味方！　ハハハ！」

悪党が姿を現す。オーム扮するガンマン対悪党達との息詰まるアクション。次々と悪党を倒したオームは、決めポーズ。

「どんな悪党だろうとも、俺様の手にかかれば地獄行きよ！」

サングラスを外し、くるくる回すがそれを落としてしまう。オームは、「いいんだい！」と誤魔化し、慌てて別のサングラスをかけて芝居を立て直した。

リハーサルする時間がなかったのかしら……？　主演にしては、ぎこちない動きのオームを心配するシャンティ。しかし、周りの若者達は、まるで示し合わせたかのように「わ、すごい演技！」と大袈裟に囃し立てる。

そうこうしているうちに、撮影は佳境に。オームは「おい、トラを出せ！」とスタッフに呼びかける。セットの陰に隠れていたパップーが、ぬいぐるみのトラを投げ込むと、オームはわざとらしく、ぬいぐるみ相手に戦い出した。

「おい、このデブ猫！　悪い奴だ、こうしてやる！」

ぬいぐるみのトラをギリギリと絞り上げるオーム。

「どうだ、恐れ入ったかってんだ！　ええ？　もう降参か？　迷子の迷子のニャンコちゃん！　……お前、ロンドンで女王に会ったことがあるか？　ないだろ？　だったら、今から会いにいけーッ！」

ぬいぐるみを遠くに放り投げたオーム。そんな茶番のようなシーンでも、若者達はまた「わ、すごい演技」と囃し立てる。

現場に監督の「カット」の声が響く。やり遂げた表情のオーム。拍手をするスタッフ達。周りで囃し立てていた若者達は「サインしてください」とオームの周りに群がっていく。スタッフとして、その場を仕切りだすパップー。

「はい、はい。皆さん、並んで並んで。やあ、すごいぞ。名優のシヴァージやカマラハーサンまで、オームにサインを求めてやがる。さすがです、オームさん！　僕にもあとでサインください！」

オームは、一人一人にサインをして回る。

「私にもサインしてください」と、オームの目の前に奇麗な女性の掌が差し出される。

「君、手にサインって——」

オームが顔をあげると、目の前にシャンティが立っていた。

「わ、シャンティ！　い、いつ来たの？」

「さっきよ」

「そう……」

「ステキな演技だった」

「ありがとう。でも、こんなの朝飯前さ。今度は死ぬシーンを見てよ。一番自信があるんだ。なんだか不思議なんだけど、僕が死ぬ映画って必ずヒットするんだよね」

「そうなの？」

「ああ。だから、今回は4回死ぬ」

「4回も!?」

「ああ。一人二役。双子の兄弟なんだ。その二人とも前半で殺されるんだけど、後半ですぐ生まれ変わる。——で、クライマックスで敵を倒して、二人はまた死ぬ。……どうだい?」

笑い出すシャンティ。

「4回も死ぬっていうのに、なんだか楽しそうね」

「そうさ。だって僕、撮影が大好きなんだ」

「うん、分かるわ」

「全然」

「演技、ライト、衣装、ファン——ねえ、退屈してない?」

「ありがと、シャンティ、君は、撮影のどの瞬間が好き?」

「私? ……私は、終了の時かな」

「終了?」

オームが発したその言葉を耳にした男のスタッフが「終了?」と言って作業を止める。

「おい、みんな! 終了だってさ! 撤収! お疲れ様ッ!」

あちゃ、と頭を抱えるオームとパップー。シャンティの目の前で、現場にあったカメラや設備がどんどん取り払われていく。一人のスタッフがオームに近づき「これも返してもらいますよ」と衣装の上着と帽子、付け髭まで剥ぎ取っていく。ズボンまで取られそうになり、オームは「これは自前！」と慌てて叫んだ。

わずか数分で、映画の撮影場所だった広場は、ただの空き地に。訳がわからず、きょとんとしているシャンティ。オームとパップーは気まずそうに顔を見合わせ、そして二人揃って頭を下げた。

「すみませんでした！」

「……？」

「あの、許してください！」

「どういうこと？」

「全部、嘘なんです。必死でつい――あなたは、大スターなのに、僕は脇役俳優だから。親友のパップーに頼んで、スターのフリをさせてもらったんです」

「じゃあ、スタッフ達は？」

「大学の映画研究会の子達でして」

「あなたのファン達は？」

「バイトで雇ったサクラです」

シャンティに、必死に頭を下げるオーム。呆れられて当然、と覚悟する。

「あなた、脇役ですって？」

「……はい」

「そんなこと、誰が言ったの？」

え、と顔を上げるオーム。

「あなたは、火に飛び込んだ主役だわ。――私にとってのね」

「シャンティ……」

「オーム。私、あなたに恩返しがしたいの。私に何かできることがあったら言って。なんでもやるわ。――あ、でも、もう火の中は勘弁してね」

「いや、それは僕も」

笑い出すオームにつられて、シャンティも笑い出す。しかし、オームは真顔になって。

「火の中に飛び込むのと同じくらい、無茶なお願いしても……いい？」

「いいわよ、何？」

言いよどむオーム。その次の言葉がなかなか出てこない。妄想の中では、何度も繰り返し伝えてきた言葉。そのたった一言を言うだけで、すべてが崩れてしまうような気がする。

勇気が出せないオーム。傍でパップーが「行け、行け！」と合図を送る。

カラカラに乾いた口で、オームは自分の願望をポツリポツリと言葉にした。

「僕と……デート……して、くれませんか？」

オームがやっとの思いで伝えた言葉。シャンティから返事が聞けるまで、３秒もかからなかった。――答えは「ＯＫ」だ。

シャンティとデートの約束を交わしてから、オームはいつもの10倍仕事を頑張った。早朝、市場で荷受けのバイトをした後、エキストラの仕事に向かい、その後は深夜まで居酒屋で皿洗い。稼いだ金は、シャンティと過ごすステキな夜の為にすべてつぎ込まれた。約束は時に、人に信じられないほどのパワーを与えてくれる。しかし厄介なことは、約束は、妄想の中では、何度も繰り返し伝えてきた言葉。

時々破られる、こともある。

暮れなずむ町。街灯にポツポツと灯りがともり始める。デート当日。オームは新調したスーツに身を包み、撮影所の前でシャンティを待った。もちろんパップーも一緒だ。

約束の5分前。彼女はまだ来ない。不安になったオームは心に保険をかけはじめる。

「なあ、やっぱり彼女来ないかもな」

「かもな」

「ん……。お前も、そう思うか」

「冗談だって！　来てくれるよ！」

茶化すパップーに冗談で殴り掛かろうとするオーム。

「なあ、パップー。準備は万端か？」

「もちろんバッチリだ。最高の夜になる。彼女も絶対感激するよ」

グッドラックとハイタッチをする二人に、漆黒のシルクに身を包み、ベールで顔を隠した女が近寄ってくる。

「こんばんは。どちらがオームさん？　——私、シャンティさんの使いなんですが」

「僕です、僕がオーム」

「シャンティさんからの伝言です。『悪いけど、今夜は行けない』とのことです」

分かりやすく、うな垂れ、落胆するオーム。

「……やっぱりな。断り方まで、気取ってる。期待させるのはやめてくれよ。たった一晩。たった一晩だけなのに」

徐々に怒りがこみ上げてくるオームは、使いの女に詰め寄る。

「帰って、彼女に伝えてくれ。人を弄ぶのはよしてくれって。ガラスのハートが粉々だ」

「直接伝えたら？　……罪人ならここにいるわ」

そう言うと、使いの女は顔を覆ったベールを取り払った。姿を現したのは美しいシャンティだ。

「シャンティ！　あの……ええっと――」

焦ったオームは、咄嗟にパップーを指差す。

「こ、こいつが言ったんだよ！　君は来ないって。だから、つい乗せられて……」

「おい、人のせいにする気かよ！」

「ちょっと止めて」

喧嘩になりそうな二人の止めに入るシャンティ。

しかし二人とも、頭に血が上り、怒りが収まらない。

「やるか?」

「上等だ！　こいつめ――！」

「そこまで、ヤメーッ！」

シャンティの仲裁で、ようやく黙った二人。

「オーム、おどかしてごめんなさい。でも、私は来るわよ。だって友達同士の約束だもの」

そう言うと、シャンティは箱に入れた贈り物をオームに差し出した。

「『ありがとう』は、友達には禁句でしょ。だから、代わりにこれを」

シャンティは鼻筋をクシャとさせ、いたずらっぽく笑った。

シャンティからのプレゼント。それは、スノードームのオルゴール。ネジを回すと、ガラスの中に雪が舞い散り、一組のカップルがクルクルとダンスを始めた。

素敵な夜の始まりだ。

「いいって、言うまで目を開けちゃダメだよ」

オームとパップーは、目をつぶったままのシャンティの手を引いて、撮影所の中に連れてきた。この夜の為に、数日かけて一生懸命準備をしてきた。彼女と最高の思い出を作る為に。

「いいよ、シャンティ。目を開けて」

恐る恐る目を開けるシャンティ。

「わ……！」

シャンティの目の前には、豪華なダンスホールが用意されていた。壁一面は大きな窓で、美しいビルの夜景が輝いている。もちろん、それらがすべてセットなのは分かっている。でも、オームとパップーがどれだけ苦労してこの空間を作り上げてくれたか。それを思うだけで、シャンティは胸が熱くなった。

ホールの一角にあるピアノに座るオームは、歌でシャンティへの思いを表現した。

君といるとボーッとなる　言いたいことも出てこない

どんな言語も見当たらない　君の素晴らしさを表す言葉が
君の美しさを言うとすれば　世界中どこにもないぐらい
こんなに褒めてもまだ足りない
とろけるような愛嬌が　表情からこぼれる
黒髪の作る涼しい影が　輝く顔を彩る
ベールはひらひら　空の雲のよう　君の腕には　月光が溢れる

ずっと曲に聞きほれていたシャンティは、我慢できずダンスホールに走り出した。オームの手を取り、二人はダンスを始める。その上に雪を降らすパップー。二人は、まるでスノードームの中にいるカップルのように、二人だけの世界で寄り添いダンスを続けた。

あなたのお陰で　恋物語が成就した
もう二人の運命は一つ　同じ旅の道連れよ
僕の道連れに言うとすれば　君はまるで天女か妖精

輪廻転生を、

こんなに褒めてもまだ足りない

「オーム。……私ね、こんなに楽しかったのって、初めて」

ダンスをしながら、オームに寄り添うシャンティはそう呟いた。

「僕もだよ。君は天国を見たことがある？」

「いいえ？」

「**天国は、ここだよ。今ここにある**——ねえ、シャンティ。輪廻転生《リ・インカネイション》を、君は信じる？」

「輪廻転生……生まれ変わりってこと？」

「ああ。僕はね、生まれる前から君のことを知っていた気がするんだ。地球ができたての頃。人間がサルみたいだった頃から、僕はずっと君を見ていた気がする」

「じゃあ、恐竜の時代も？」

「もちろん！」

笑い出すシャンティ。

君は信じる？

「……あなたって、本当に面白い」

「いや、これは冗談でもなんでもないよ。要するにさ、何が言いたいのかって言うと、これから先、**僕は何度死んでも、また生まれ変わって、君を見つけだす**ってことさ」

「そんなこと、本当にできるかしら」

「できるさ。……ああ、ごめん。こんな話。退屈してる？」

「ううん、楽しい」

「良かった！」

「――ねえ、オーム。あなた、落ち込むことはないの？」

「ああ、ないね！　落ち込んだら、君の写真を見る。君がいれば幸せさ、シャンティ。人々を魅了し、世界から愛される君――」

「それでも、寂しく感じる時があるわ。ただ一人の愛が欲しくて」

「大丈夫だよ、シャンティ」

オームは、シャンティの手を取る。しかし、シャンティは困ったようにオームが掴む手をそっと引っ込めてしまう。照れ隠しで思わず咳払いするオーム。

「――その手を伸ばしてごらん。きっと手に入る。幸せになれるよ。君なら。試してみて。幸せの方が、君を選ぶさ」

「本当に？」

「ああ、もちろん！」

「……もし、あなたみたいな人だったら」

「ん？」

シャンティは何かを言いかけるが「ううん」と首を横に振った。

「私、やってみるわ。オーム。……幸せになってみせる」

そう言うと、シャンティはオームの頬に触れ「おやすみなさい」と言って帰っていった。

「そして、僕は、世界の王になるんだ」

去っていくシャンティの後ろ姿を眺め、そう呟くオーム。

シャンティとの初デートは、大成功といっても過言ではない。きっと、今夜のことでシャンティは僕を特別な存在として、心に刻んでくれたはずだ。次に会った時には、愛の言葉を彼女に告げよう。

オームは、この時、まだ何も知らなかった。

この先に、想像もつかないほどの悲劇が待っているということを。


オームの1日は、朝8時に起床して、朝食を食べ、そして10時頃から撮影所に向かうところから始まる（撮影のない日は市場でのバイトとなるが）。そして、与えられたエキストラの仕事をこなし、夜、家に帰って夕飯を食べて、就寝。これがお決まりのルーティーンだ。

しかし、シャンティとの一夜を過ごしてから、この中に新たなスケジュールが加わった。撮影が終わった後、オームはシャンティがいるスタジオに出向き、彼女と挨拶を交わすことが許されるようになったのだ。しかし、忙しい彼女と交わす言葉はほんの一言二言。

「やあ、シャンティ。今日も元気？」

「夕べは眠れた？」

「ご飯は食べた？」等。

たったそれだけのことだが、それがあるかないかで、その日1日の価値が決まる。

素晴らしい1日となるか、それとも、つまらない1日になるか、だ。

その日、撮影が巻いて早くあがれたオームはパップーを連れて、郊外にあるアースマーン映画スタジオに向かった。シャンティが新作映画のリハーサルでここを訪れているのだ。

ひとしきり、リハーサル風景を見学したオームは、控室に出向き、鏡を前に化粧直しをするシャンティに、声をかけた。

「やあ、シャンティ。今日の君も、とてもステキだよ」

しかし、シャンティはしかめ面のままで返事もしない。

オームは自分に気づいていないのか？　と鏡越しに満面の笑みで手を振って見せるが、シャンティは不機嫌顔のまま立ち上がり、オームを無視してその場から立ち去っていった。

呆然とするオームに「ほうっとけよ」とパップーが声をかける。

「女優なんて、気まぐれなもんだ。今日はちょっと、虫の居所が悪かったんだろう」

ほうっとけ、と言われて、ほうっておけるオームじゃない。シャンティの様子が気にかかる。もしや、どこか身体の具合でも悪いのだろうか？

オームはパップーの制止も聞かず、シャンティの後を追いかけていった。

アースマーン映画スタジオの中心部には大きな建物がある。ここがスタジオの中枢であり、企画会議や台本の打ち合わせが行われ、2階はプロデューサーや役者の控室になっていた。

建物の中に入っていくシャンティ。オームは、その後についていこうとするが入り口で守衛に止められてしまう。

「許可の無い者は立ち入り禁止だ」

「今、シャンティさんがここに入るのを見たんだ。僕は、彼女の友達だ」

「寝ぼけたことを言うな。立ち去れ」

「本当だって、あ、ほら、シャンティさんがあそこにいる！　シャンティさーん!!」

手を振るオーム。思わず振り返ってしまう守衛達。しかし、オームが指した先には誰もいない。ハッとして振り返ると、既にオームは姿を消していた。

シャンティを探す為、建物に忍び込んだオーム。

ウロウロさまよい歩いていると或る部屋から、シャンティの声が聞こえた気がした。その部屋に入るオーム。そこは、小道具等をしまっておく物置だ。オームは、聞こえてくるシャンティの声を手がかりに壁の傍に近寄った。声は、すぐ隣の部屋から聞こえてくる。わずかな隙間から、隣の部屋を覗き込むと、豪華な控室の中で、シャンティとムケーシュが口論をしていた。

「シャンティ。頼むから黙ってくれないか」

「私を黙らせて、自分は好き勝手やるつもり?」

シャンティは当てつけがましく、手に持ったゴシップ誌の見出しをムケーシュに読んで聞かせた。

「若き敏腕プロデューサー、ムケーシュ氏、大富豪ミッタルの娘と結婚! 撮影所付きの嫁を貰う、逆玉婚――」

「やめろ、ガセネタだ。ただのゴシップだよ」

「そうかしら?」

「お前だって、この業界のことはよく知ってるだろう？　超大作映画を製作する時には、ゴシップが付き物。次の大作『オーム・シャンティ・オーム』の製作は俺、主演は君。そして、金を出すのはミッタルだ」

「だからって、こんなこと……」

「400万ルピーだぞ⁉　ミッタルはそれだけの金を俺達の映画に出してくれたんだ。映画製作において、それがどれだけすごいことか分かるよな？　分かったら、こんなとこで駄々をこねてないで、今すぐリハーサルに戻れ」

「……そんなにお金が大事？　だから、ミッタルの娘を選ぶの？」

声を荒げるシャンティ。オームは息を呑む。あんな彼女は初めてだ。

シャンティは怒りにまかせ、ムケーシュを責め立てる。

「でも、無理よね？　あなたは、結婚なんて出来ないわ。だって、あなたには妻がいるんだもの！　私という妻が‼」

――今、シャンティは何って言った？

混乱するオーム。耳から入ってくる情報の整理が、頭の中で追いつかない。

――「私という妻？」え、待って。まさか、シャンティはムケーシュの妻だというのか？

「シャンティ、よせ。それは、二人だけの秘密だろう？　何故、分かってくれないいんだ」

「あなたこそ、分かってよ。結婚して2年も経つのに、いまだ日陰の身なんてみじめすぎる。結婚の証、額のシンドゥールすら許してくれない。これって、なんなの？　あなたは、私があなたの妻である証、神聖なシンドゥールもろとも４００万ルピーで買収されてしまったの？」

オームは『ドリーミー・ガール』のプレミア試写会の時、シャンティがふと見せた寂しそうな表情のことを思い出した。

「一筋のシンドゥール。その価値があなたに分かる？　あの赤い粉は、神の恩寵なのよ。幸せな妻という証。それが、髪のシンドゥール」

――そうか、とオームは思った。あの時、シャンティは主人公のセリフと自分の心情を重ねていたのだ。だから、あんな悲しそうな表情を浮かべていたに違いない。

突如、頭に血が上ったムケーシュが、乱暴にシャンティの腕を掴む。

「いいか！　……もし、お前が突然、結婚のシンドゥールを額に付けたら。どれだけ損害が出ると思ってるんだ？　人妻が主演を演じるような映画に、どこの物好きが投資してくれる⁉　――一筋のシンドゥールで何もかもが台無しだ。輝く未来が消えるんだぞ？」

「私の未来は、あなたよ！　だって、私はあなたの妻なんだもの。ねえ、お願い。私達が結婚していることをあなたの口から公表して。それぐらい、当然の権利だわ。ムケーシュ。私は、この手を伸ばして掴みたいの。女の幸せを」

なんて皮肉だろう……。オームがシャンティに送った愛の言葉が、ムケーシュと幸せな結婚生活を送りたいシャンティの背中を押すことになるなんて――。

ムケーシュは「この話は終わりだ」とシャンティを退室させようとする。「今は、仕事が最優先だ」と。まずは、映画の完成。それが無事に済んだら、二人の結婚のことを堂々と公表しよう。

そうシャンティを説得するムケーシュ。しかし、シャンティは引き下がらなかった。

「無駄よ、どうせあと数か月でバレるわ」

「何故だ」

「私、妊娠してるの。――あなたの子よ、ムケーシュ！」

妻の突然の告白に言葉を失うムケーシュ。

「……まさか、妊娠？　本当に？」

「ええ」

ずっと不愉快そうな顔を浮かべていたムケーシュの表情が、みるみる明るく輝いていく。

「すごいぞ！　何故、黙ってた！」

「……喜んでくれるの？」

「当たり前じゃないか！　――シャンティ、すぐに結婚式をしよう」

「ああ、ムケーシュ……！　愛してる！」

感激のあまり、シャンティを抱きしめるムケーシュ。

シャンティは目に涙を浮かべ、その力強い腕に身を委ねている。

隣の部屋で、二人の様子を見ていたオームは「そうだよな」とひとりごちる。――ハッピーでなきゃ、エンドじゃない。

映画は、不幸のままじゃ絶対に終わらないんだ。

幸せそうな二人を見つめるオーム。夢は一瞬で崩れ去り、あれほど美しく輝いていた世界が空虚な物に姿を変えた。何が世界の王だ。シャンティの心には、とっくの昔から愛する誰かが棲みついていたんだ。

僕なんか、立ち入る余地もない。


スタジオを後にしたオームは、自然と或る場所に向かって歩いていた。それは、かつて、オームが足しげく通っていたシャンティのポスターが貼ってある公園だ。オームは、虚ろな目でポスターのシャンティに話しかける。

「シャンティ、君は正しいよ。幸せを選んだ。……え？　僕？　僕は平気さ、へっちゃらだよ。むしろ……うん、嬉しい。**嬉しいよ。君が幸せだから**」

鼻の奥がツンと痛み、目の前でほほ笑むシャンティの顔が涙でぼやけて見える。咄嗟に鼻をすすって、オームは笑顔を見せる。

「奴……ムケーシュのことは、君に免じて許してやるよ。彼に言っといて。今回は見逃してやるって。けど、もし奴が来生でも君を悲しませるようなことがあったら、その時は、ボッコボコにして思い知らせてやる！　どうだい！　どう――」

夢は一瞬で崩れ去り、あれほど美しく輝いていた世界

もう、涙で言葉が続かない。この場所で何をしても、何を言っても、ただ空しいだけだ。

僕に夢をくれたシャンティに、ちゃんと自分の口で「おめでとう」と伝えなければ。——友達として。

夕方から吹き始めた風が吹きすさぶ中、オームは、アースマーン映画スタジオに戻っていく。

アースマーン映画スタジオには、ゴシック式建築を思わせる立派な洋館のセットが建てられていた。次回作『オーム・シャンティ・オーム』の撮影用にムケーシュが巨額の資金を投じ作らせたものだ。

その表に外車が停まる。運転席からムケーシュが降り、助手席に座るシャンティを抱きかかえ建物の中に入っていった。セットの中は、真っ暗だ。

「ムケーシュ。どうしたの、こんなところに来て」

「実は、ここで俺達の結婚式を挙げようと思ってね」

ムケーシュは、シャンティを床に降ろすと室内の照明をつけた。二人の目の前に本物に見

が空虚な物に姿を変えた。

紛う如きの素晴らしいホールが姿を現した。数百人のゲストを招いても、悠々とパーティができる広い空間。奥には、2階に続く長い螺旋階段もある。

「なんてステキなの……！」

ムケーシュは「おいで」とシャンティの手を取ってホールの奥に進んでいく。

「今度の映画で使うセットだ。ここで超大作が撮影されるはずだった。だが、製作は中止。あと数日で解体しなければならない。……仕方ないよな。『オーム・シャンティ・オーム』は君の映画だ。君でなきゃヒロインはできない。でも、折角ここまで立派なセットを作ったんだ。解体する前にここでパーティを開こう。結婚披露宴だ」

「本当？」

「もちろん、本当だとも」

そこにオームが駆けつけてくる。二人がここにいると、撮影所のスタッフが教えてくれたのだ。そっと、洋館の中を覗き込むオーム。ムケーシュが、大きなシャンデリアの下、披露宴のプランを説明している。

「玄関から、大勢の来賓が中に入ってくる。彼らを出迎えるのは40人のオーケストラだ。奏でるのは君の好きな曲ばかり。そして、ホールの中央には噴水を作る。流れるのは水じゃない。シャンパンだ。そして、煌びやかなこのシャンデリアの下に祭壇を作る。みんなの前で式を挙げるんだ。永遠の愛を炎に誓おう」

「夢みたい」と輝く笑顔でムケーシュの元に駆け寄るシャンティ。

建物の外で、その様子を見ていたオームは、居たたまれなくなり、その場から離れた。今、この場に割って入り、二人を祝福するのは、あまりにも酷だ。

立ち去るオームの背後で、ムケーシュとシャンティは熱い抱擁を交わす。

「……ムケーシュ。こんなに深く私を愛してくれていたなんて、私、知らなかった。疑ったりして、ごめんなさい」

「いや、謝るのは俺の方だ。――君は俺を信じた。だから、俺も夢を見た」

ムケーシュの声のトーンが変わる。

「ムケーシュ？」

「俺の夢。それは、この世界で一番の大物になること。その夢が、今ではさらに膨らんで、……君より自分の夢の方が大事になった」

「どういうこと……？」

自分に触れようとするシャンティの手をムケーシュは、払いのける。

「悪いのは、君だ。シャンティ。本当にバカだ！　まったく、何を考えてる？」

ムケーシュは目の前に立つシャンティを憎しみの目で見据える。

「あと一歩で、大成功なのに。君の、一筋のシンドゥールのせいで、何もかもが台無しになってしまう！」

シャンティを突き飛ばすムケーシュ。衝撃で床の上に倒れたシャンティは恐怖で声を出すことすらできない。

「いいか？　俺達の結婚は絶対に公表しない。……となれば、今やるべきことは一つ」

無機質なムケーシュの瞳。シャンティは、その奥に殺意が潜んでいることに気づく。

「やめて、ムケーシュ……」

ムケーシュは、内ポケットから煙草を取り出すと、ライターでそれに火をつけた。紫煙が螺旋を描き、天井に上がっていく。

「君のせいで、このセットはゴミになった」

「許して……お願い……！」

片手で、ライターをカチカチと弄ぶムケーシュ。

「ゴミは燃やしてしまわなければ。そして……ゴミと一緒に、その原因も焼き捨ててやる」

「ムケーシュ、やめてッ！」

「……悪いな、シャンティ。だが、これで公平だ」

そう言うと、ムケーシュは点火したライターをシャンティが倒れている場所に投げ捨てた。火は、一瞬にしてカーペットに燃え広がり、床一面が火の海と化す。

「いや！　助けて、ムケーシュ！　――ムケーシュ!!」

泣き叫ぶシャンティ。しかし、ムケーシュはシャンティが今まで見た中で一番、慈愛に満ちた優しい表情で微笑んでいる。失望するシャンティ。

――そうだ。あの人はいつもそうだった。いつも計算ばかり。

頭の中に利益と損害を測る天秤を持っていて、利益の方に傾ませた者には、愛をふりまくが、損害を与えた者には激しい憎悪を抱く。彼が、私を愛したのも一人の女性としてではなく、金を生み出す一つの道具としか見ていなかったからだ。……分かっていた。分かっていたけれど、彼の愛が欲しくて、私は、その部分に目をつぶってしまった。

シャンティは、ようやくムケーシュとの結婚が誤りだったことに気づいた。

いつの間にか、炎はカーテンにも燃え移り、シャンティは完全に逃げ場を失ってしまう。望みを込めて「助けて」とムケーシュに手を伸ばしてみたが、ムケーシュは背を向け、玄関ドアを開けた。外から吹き込む突風が、部屋の炎を一気に燃え上がらせる。

炎の中で、動けないシャンティ。その目の前で玄関ドアは非情にも閉じられた。ドアに付いた窓ガラスの向こうでは、ムケーシュが心地よさそうにタバコをふかしている。

シャンティはなんとか、炎を避けて玄関ドアに駆け寄り、ガラスを必死に叩く。

「ムケーシュ、お願いよ、ドアを開けて！　ムケーシュ！」

ガラスの向こうに立つムケーシュは、人差し指を自分の唇に当て、その指をガラスの向こうで必死に助けを乞うシャンティの口に重ね合わせた。ムケーシュ流の別れのキスだ。

「待って、行かないで！　ムケーシュ！」

タバコを吸い終えたムケーシュは、吸い殻を足で踏みにじり、振り返ることもなくその場から立ち去っていった。

アースマーン映画スタジオの一角には、創業当時に作られた古い噴水がある。オームは、その前に一人佇んでいた。きっと、あと少ししたら二人が、ここを通り過ぎるだろう。そしたら、僕は最高の笑顔でこう言ってやるんだ。

「やあ。シャンティ。結婚式を挙げるんだってね。おめでとう。君の……最高の友人として祝福するよ」

胸が、かきむしられるほど苦しい。でも、これがシャンティの選んだ幸せなんだ。

オームは、シャンティがくれたスノードームのオルゴールをカバンから取り出す。ガラスの中のカップルは、今も幸せそうにダンスをしている。オームは、しばらくそれを見つめ……そして、それを噴水に投げ捨てた。プクプクと気泡を出しながら水の底に沈んでいくオルゴール。さようなら。シャンティ。そして、シャンティに恋していた自分。

その時、シャンティと一緒にいたはずのムケーシュが一人で姿を現し、裏口から車に乗り込んだ。このまま帰るつもりだろうか？　だとしたら、シャンティは今どこだ？

嫌な予感がする。オームは、二人がいた洋館のセットに向かって走っていく。

強風が吹きすさぶ中、洋館の前に佇むオーム。なんだか様子がおかしい。必死に目を凝らすと、玄関の丸いガラス窓の奥に、泣き叫ぶシャンティの姿が見えた。

「シャンティ⁉」

慌てて、玄関ドアの前に立つオーム。足元にはタバコの吸い殻が落ちている。それを拾うオーム。甘ったるいバニラの香り。ガラムだ。

ガラスの向こうに立つシャンティは、涙を流しながら必死に助けを求める。

「オーム！　助けて、お願い！」

「シャンティ、いったい何があったんだ⁉」

建物の中を見るオーム。シャンティの周りは火の海だ。

「……大変だ！」

ドアを開けようとするオーム。しかし、電子キーで施錠されている為、押しても引いても開かない。このドアを開けるには、専用のＩＤカードが必要なのだ。シャンティを助け出すには、窓ガラスを割るしかない。オームは慌てて大きな石を探す。ちょうどいいそれを見つけだし運ぼうとすると、いきなり屈強な二人の男がオームの首根っこを掴んだ。

ムケーシュの用心棒達だ。

「なんだ、お前ら。どけよ」

オームがそう言うのと同時に、男の一人がオームの腹を蹴った。激痛に地面を転がりまわるオーム。しかし、ここで怯んでいる場合じゃない。早くしないと、シャンティが死んでしまう。オームは痛みをこらえ立ち上がる。すると、今度は別の男がオームの右頬に強烈なパンチを食らわせた。膝から崩れ落ち、倒れ込むオーム。右足と左足をそれぞれ掴まれ、地面をズルズルと引き摺られていく。必死に抵抗するが、相手は護衛のプロ。敵うわけがない。オームは、彼らに交互に殴られ殴られ、また殴られ……ついに力尽き、地面に倒れ込んだ。動かなくなったオームを確認した男達は任務完了とばかりに頷き、その場から立ち去っていった。

玄関ドアのガラスから、すべてを見ていたシャンティ。オームは全く動かない。

――私は、なんて馬鹿なの。

体を張って、いつも自分を助けてくれたオーム。私が手を伸ばして掴むべき幸せはムケーシュでなく、オームの元にあったんだ。

ああ、神様。もし、もう一度人生があるなら、今度は、絶対に間違いません。次こそ、ちゃんと彼を選びます。――そう祈りをささげるシャンティ。

地面に倒れたままのオームは、彼らが完全に立ち去ったことを確認すると、ヨロヨロと立ち上がった。

「オーム!?」

「シャンティ、待ってて。今行くから」

オームは、殴られボコボコになった顔で、大きな石を拾い、玄関ドアまで向かう。そして、シャンティに「そこから離れろ」と合図し、全身全霊の力を込めて窓ガラスに石を打ち込んだ。

ガシャン！　と音がして、ガラスが割れる。そこから建物内に侵入するオーム。

「シャンティ、どこだ！　シャンティ！」

炎の中、必死にシャンティの姿を探すオーム。焼けたセットの家具が崩れ、オームの元に倒れてくる。命の危険を感じるが、引き返すことなど微塵も頭に浮かばない。シャンティを見棄てて生き続けるくらいなら、**ここで一緒に死んだ方がいい。**

灼熱の炎に煽られるオーム。必死に目を凝らすと、ホールの中央にうずくまるシャンティの姿があった。

「シャンティ！」

声に顔を上げるシャンティ、必死にオームに手を伸ばす。

「オーム！」

オームも、必死に彼女に向かって手を伸ばした。あと僅かで手が届く、と思った瞬間、撮影で使用する予定だった火薬が大爆発を起こした。

「シャンティ――ッ！」

爆風で吹き飛ばされるオーム。その瞬間、オームの視界は、まるで映画の場面転換のシーンのようにバンと暗転し、すべてのビジョンが途絶えた。

輪廻

「O．K！　おい、O．K、しっかりしろよ！」

我に返るオーム。振り返ると、コーヒーを持ったマネージャーのアンワルが傍で佇んでいる。

「びっくりしたよ。そんな場所で固まったまま動かないから」

周囲を見渡すオーム。そこは、アースマーン映画スタジオ――の跡地。突然のスコールのせいで地面には水たまりが出来、建物のひさしからは、溜まった雨水がポタポタと滴となって落ちている。

オームは、片手に握ったままの、古いスノードームのオルゴールを見つめる。これを拾ってからのわずか数分間。その間に、オームは自分が生まれる前――前世の記憶をたどった。そして、すべてを理解したのだ。子供の頃から見続けた不可解の夢の意味を。

30年前。しがないエキストラ俳優だったオーム・プラカーシュ・マキジャーが死に、その魂は、大スター、ラージェシュ・カプールの一人息子、オーム・カプールに受け継がれた。――**僕は、彼の生まれ変わり**なんだ。

西海岸にあるムンバイでは、年に1回映画の祭典が行われる。映画誌『フィルムフェアマガジン』が、その年、最も活躍した映画人を表彰するイベントだ。音楽、脚本、衣装。そして当然、監督や、主演、助演を務めた俳優達にも賞が贈られる。

授賞式が近づいてくると、映画評論家達はこぞって「今年は誰が受賞するか」と予想を立て始める。今年の主演男優賞は、ダントツでO．Kことオーム・カプールだと、誰もがそう口にした。

授賞式当日、会場には大スター、オーム・カプールを一目見ようと全国から女性ファンが大勢駆けつけていた。会場の入り口前、タキシードに身を包んだオームがレッドカーペットに姿を現すと、まるで一斉に咲く蓮の花のように、女性達の表情が輝き、黄色い歓声があがった。

「オーム、こっちを見て！」

「愛してるわ、オーム！」

熱狂的なファンの歓声に包まれるオーム。そのファンの中に、南インドからバスを乗り継いでやってきた一人の少女の姿があった。彼女の名前はサンディ。まだ20歳だが、子供の

オームは自分が
生まれる前——
前世の記憶をもどつ
た。

頃からオームのファンで、ウェイトレスのバイトをして貯めた金をつぎ込み、ムンバイまでやってきたのだ。他のファンに押しつぶされそうになりながらも、必死にオームにファンレターを手渡そうとするサンディ。しかし、オームとの距離はあまりに遠く、結局、サンディはただ通り過ぎる彼を見つめるだけで終わってしまった。

授賞式会場のステージの上では、様々なパフォーマンスが行われる。主演男優賞にノミネートされているのは、オームと、アビシェーク・バッチャン、アクシャイ・クマールの三人。いずれも人気実力共に兼ね備えたスター達だ。

発表前の緊張。しかし、オームが抱く緊張は他の二人が抱くそれとは違った。もし、主演男優賞が貰えたら、オームにはやりたいこと——いや、やらなければならないことがあるのだ。

「それでは、主演男優賞の発表です」

司会者が、プレゼンターの映画監督ガイと、人気俳優のリシを紹介する。まるで漫才コンビのように一本のスタンドマイクの前に立つ二人。

そして、すべてを理解したのだ。

「どうも。皆さん。こんばんは」

「こんばんは！」

「優秀な俳優とは何か。魂まで役者になりきって、その役の気持ちを表現できる人のことです。その優秀な俳優に選ばれたのは誰でしょう」

「さて、受賞者は――」

ドラムロール。一番注目を浴びるオイシイ瞬間を手に入れようとするリシ。そうはさせるか、と、ガイがリシからマイクを奪い取る。

「えー、受賞者は」

目立ちたがりの二人は、マイクを奪い合う。

「受賞者は」

「受賞者は――」

埒が明かなくなった二人は、同時に叫んだ。

「オーム・カプール！」

スポットライトを浴びるオーム。場内は、オーケストラが演奏する楽曲がかき消されるほどの拍手に包まれる。ライバルのアビシェークは、悔しさを隠し、無理に笑って拍手。もう一人のライバル、アクシャイは「これは、俺が貰う賞だ！　インチキだ、こんなのペテンだ！」と騒ぎながら拳銃を取り出そうとするが、警備員に取り押さえられ、つまみだされてしまう。

喧騒の中、オームは立ち上がり手を振りながら、ステージに向かう。観衆の中には、マネージャーのアンワルや、父親のラージェシュ・カプールの姿もある。

登壇したオームは、ガイとリシからトロフィーを受け取った。感無量だ。オームは辿ってきた前世の出来事を思い出す。市場の一角。木箱の上に立ち、酒瓶を手にスピーチの真似事をしていた前世の自分。まさか、生まれ変わって、本物のトロフィーを手にすることになるとは。

マイクの前に立ち、スピーチを始めるオーム。

「みんな、これだけは言いたい」

シン、とオームの言葉に耳を傾ける観衆。

「僕は、この主演男優賞を獲得する為に刻苦勉励《こっくべんれい》してきました。すると、この世の全存在が加担し――」

目の前の光景と、過去で見た光景が重なり、言葉が途切れる。薄汚れた市場で、地元の子供達と共にスピーチを聞いてくれた親友のパップー。

「おい、オーム。そんなスピーチじゃ、何言っているのか分からないよ！」

パップー。君も今、どこかで僕のスピーチを聞いてくれているか？

オームの耳に、ざわつく観衆の声が聞こえてくる。気を取り直し、スピーチを続けるオーム。過去の自分と今の自分の感情をシンクロさせながら言葉を紡いでいく。

「誰かが言った。〝心から強く求めれば世界中が味方をしてくれる〟と。皆さんが、僕を後押ししてくれた。本当にありがとう。感謝します。心から、お礼を言います。僕の夢を叶えてくれた皆さんに。まるで世界の王様になったような気分です！　――今こそ、信じられます。人生というのは、映画と同じなんだ。最後は……」

オームは、ジッと考え、そしてこう観衆の前で宣言した。

「最後は、みんなハッピーになる。ハッピーエンド。〝ハッピー〟でなきゃ〝エンド〟じゃない。映画は、不幸のままじゃ絶対に終わらない！　まだまだ——〝つづく〟です！」
オームは、手に持ったトロフィーを高く掲げ、天を仰ぐ。会場は、この日一番の拍手が沸き起こり、それはしばらく鳴りやまなかった。

授賞式の後、会場近くの豪華ホテルで受賞パーティが開かれた。その日の主役となったオームは、映画関係者達に囲まれている。しかし、オームは一番、話をしたい人の姿を探していた。父親のラージェシュ・カプールだ。オームは、会場奥にあるバーカウンターで一人、ウィスキーを飲む父親の姿を見つけた。

「父さん」

ラージェシュは、目を細め、オームの身体を優しく抱きしめる。偉大だった父の身体は、昔より少し小さくなったようだ。

カウンターに座り、二人きりで話をするオームとラージェシュ。

「父さん。頼みがあるんだ。僕が生まれた時の話を聞かれてくれないか？」

「……どうした。何故、急にそんなことを？」

「ごめん。いきなり。……父さんは、どうして僕に〝オーム〟という名前を付けたんだ？」

息子の突然の問いかけに、困った顔を見せるラージェシュ。

「僕が生まれた日に、アースマーン映画スタジオで大きな火事があったよね」

「どうして、それを……？」

「頼むよ、父さん。大事なことなんだ。その日のことを話して欲しい」

真剣なオームの様子に、ラージェシュはこの30年息子には黙っていた事実を語ることにした。

30年前。午後8時過ぎ。オームの母親は予定日より10日も早く産気づいた。撮影が終わり、たまたま家にいたラージェシュが妻を病院まで車で連れていくこととなる。

外は大雨。逸る気持ちと、苦しむ妻を心配する気持ちがラージェシュの集中力を散漫にさせた。そして、病院に向かう途中で、ラージェシュは突然道に飛び出してきた一人の男を車で轢いてしまったのだ。慌てて車から降りるラージェシュ。轢いてしまった男は、全身傷だらけで、火傷まで負っている。ラージェシュは急いで使いの者を呼び、その男性を救急車で病院に連れていくよう指示した。

その後、無事に妻を病院に連れていったラージェシュ。そのわずか2時間後の午後10時8分。無事に一人の男の子が生まれた。

「その轢いてしまった男の人は、その後、どうなったの」

「……亡くなったよ。お前が生まれるわずか一分前に」

やはり、とオームは思う。

ラージェシュの車に轢かれた男性は、すぐに救急車に病院で運ばれたが救命行為もむなしく、ほどなく息を引き取った。使いの男はラージェシュの元に駆けつけ、こう報告した。

「ご安心ください。彼の死因は、車に轢かれたことが原因ではないそうです。外傷は、事故に遭った時に出来たものではなく、何者かに暴行を受けたことによるもの。また直接の死因は呼吸不全とのことでした。彼の肺は焼け爛れ、ほぼ機能していなかったとか。さっき、現場近くにあるアースマーン映画スタジオで爆発が起きたと聞きました。その事故に巻き込まれたんじゃないでしょうか。そして朦朧とする中、道路に飛び出し、あなたの車にぶつかってしまったのかと――」

ラージェシュは、悲しそうに首を横に振る。

「いずれにせよ、その命を救えなかったということだろう。亡くなった彼は、映画の関係者なのか」

「身元は分かりません。『オーム』という名前がズボンに縫い付けてありました」

「オーム。……まだ、若いのにかわいそうなことをした」

話を静かに聞いていたオームは、ラージェシュにこう尋ねた。

「そして、父さんは、死なせてしまった彼の名前を、僕につけたんだね」

「すまない。……嫌だろう、こんなこと。でも、少しでも償いになればと思ったんだ」

「……うん。嫌どころか、僕はとても嬉しいよ」

ラージェシュの証言とオームの記憶がぴったりと一致する。

アースマーン映画スタジオの爆発で、オームの身体は建物の外に吹き飛ばされた。その後、助けを求めようと道路に飛び出し、そして車に轢かれたのだ。その時の記憶が、オームの魂にしっかりと刻まれている。病院のＥＲで救命処置を受けたことも。心臓の鼓動がどんどん弱くなっていき、魂が肉体から離れていく感覚も。

本来なら、そこで一度天国に昇って、少し休んでから「じゃあ、またそろそろ下界に降りるか」となるところだが、オームは自分の魂が完全に肉体から離れた瞬間、「天国なんて、寄ってる場合じゃねえ！」と慌てて、生まれてくるラージェシュ・カプールの赤ちゃんの身体に転生したのだ。理由はたった一つ。**助け出せなかったシャンティの元に戻る為だ。**

オームは、大きく息を吐き出した。

「どうした、息子よ。大丈夫か」

「……どう説明すればいいのか、分からないけど、はっきりしているのは、僕が父さんの息子じゃなくてカプールって姓じゃなかったら、こんな暮らしじゃないし、名声もなかった。……そう。きっと、僕はトロフィーじゃなくて、酒瓶を握っていたんじゃないかな。だから、父さんに約束する。僕、一生懸命やるよ。もっと、良い俳優になりたい。少なくとも、今よりマシな息子になる」

ラージェシュは「誇らしいよ」と息子を抱き寄せ、頬にキスをした。

「やあ、ラージェシュさん」

背後から聞き覚えのある低い声がした。振り返ると、つい最近、ハリウッドから戻った大物プロデューサー、ムケーシュが立っていた。オームの表情が険しくなる。50歳を過ぎたムケーシュは、髪はグレーになり、皺が増えたものの、まだ現役感バリバリだ。むしろ、年を取ったことにより〝ちょいワル〟な色気を醸し出している。

ラージェシュは、オームにムケーシュを紹介する。

「オーム。彼は、私の古い友人だ。プロデューサーのムケーシュ。名前ぐらい聞いたことがあるだろう」

「……ええ、もちろん」

30年前。ムケーシュは、映画スタジオを持つ資産家ミッタルの娘と結婚し、以来、順風満帆な人生を送っていた。次々と大作映画を成功させ、ここ数年は、ハリウッドに拠点を移し活動をしている。

目の前に立つムケーシュを見るオーム。彼は、恋人らしき若く美しい女性を同伴させている。女癖の悪さは、相変わらずのようだ。

ムケーシュは、オームに右手を差し出し挨拶をしてくる。

甘い香り。

「オームさん。是非、一度、私の作品にも出てくれませんか」

「ええ、もちろん。主演男優賞が獲れたら、あなたに会いにいこうと思っていたんです」

「それは、嬉しい」

ムケーシュと握手をし、親愛の意味を込めて頬を寄せるオーム。その瞬間、甘いバニラの香りがした。

「甘い香り。……ガラムですか？」

「え？」

「タバコです」

「――分かりますか。どうしても、タバコだけはやめられなくてね」

オームは、微笑み、そしてムケーシュにこう告げた。

「ムケーシュさん。早速ですが、是非、やりたい映画の企画があるんです。近々、話を聞いてくれませんか」

「え？　――ええ、もちろん」

満面の笑みを浮かべるムケーシュ。しかし、その笑顔の下ではそろばん勘定をしている

……ガラムですか？

に違いない。大スター、オーム・カプールはいったい、いくら稼ぐのだろう、と。

「オーム様、使用人総動員で、昔の新聞をかき集めてきました」

自宅に戻ったオームは、大量に積まれた古新聞に囲まれ、片っ端からそれに目を通していた。30年前、アースマーン映画スタジオで起きた大火事。その後、いったい何があったのか調べる為だ。

分かったことは、火事はスタッフの火の不始末として事故で片付けられたこと。そして、その火事以来、当時の大スター女優シャンティプリヤが行方不明になっているということ。当初、火事に巻き込まれたのでは、と、警察当局も捜査したが、現場からシャンティの遺体は見つからず、捜索は打ち切りとなったらしい。

――シャンティ、今、君はいったい、どこにいるんだ。

今もまだ、どこかで生きているのか？　それとも、僕と同じように命を失い、**どこか別の場所に生まれ変わったのか……？**

オームは別の記事に「プロデューサーのムケーシュ、富豪の娘と結婚」という見出しがあることにも気づく。火事があってからわずか1ヶ月後のことだ。

30年前、アースマーン映画スタジオの洋館のセットで、ムケーシュはシャンティと結婚披露パーティの話をしていたはずだ。しかし、その後、彼は彼女を洋館においたまま、一人で車に戻った。あの時、オームが玄関ドアの前で見つけたタバコの吸い殻。その甘いバニラの香り――。

間違いない。あの日、建物に火をつけたのはムケーシュだ。富豪の娘と結婚する為に、邪魔になったシャンティをあいつは始末しようとしたのだ。

――楽しい時間は終わりだ。ムケーシュ。

オームは、ムケーシュに過去の罪を認めさせ、そしてシャンティの居場所を突き止めようと壮大な計画を立てた。成功のカギは、信頼のおける仲間の存在だ。

30年前。撮影に行ったきり行方をくらましたオーム・プラカーシュ・マキジャー。母親のベラは息子の行方を必死に探し続けた。しかし、手がかりはどこにもなく、警察にも見放された。それでも「必ず戻る」と言ったオームの言葉をひたすら信じ、彼の帰りを待ち続けた。月日は流れ、今はもう、すっかりお婆さんだ。パップーはいなくなったオームの代わりに、ベラと一緒に暮らし続けている。その彼も、もうすぐ60歳。

ベラは、テレビに映るオーム・カプールを見る度に「ほら、あの子よ。うちの息子がここにいる」と言う。「そうだね」と話を合わせるパップー。息子を失ったショックでベラは同じ名前の大スターがオームに見えてしまうようだ。挙句の果てに、オーム・カプールがいる映画スタジオにまで駆けつけてしまう始末。あまりに悲しみが深いと、人間の脳というのは、都合のいい理屈をこじつけるようにできているのかもしれない。

しかし、その日、パップーは、オーム・カプールがフィルムフェアマガジン賞の授賞式で行ったスピーチをテレビの情報番組で見ていた。

「最後は、みんなハッピーになる。ハッピーエンド。〝ハッピー〟でなきゃ〝エンド〟じゃない。映画は、不幸のままじゃ絶対に終わらない！」

忘れもしない。それは、30年前、親友のオームが〝授賞式ごっこ〟で言っていた言葉だ。

〝まさか、おばさんの言う通り、彼は、本当にオームなんじゃ……？〟

2階から「大変大変」と、ベラが降りてくる。

「どうしたんだい、おばさん？」

「2階の窓から、見えたのよ。あの子が……オームが帰ってきた！」

「え？」

玄関ドアが開き、入ってきた人物。それは、大スターのオーム・カプールだ。唖然とするパップーの目の前で、ベラはオームに抱き着く。

「オーム。……戻ってきたね」

「ああ、母さん」

「ずいぶん、遅かったじゃないか。心配したんだよ」

「大袈裟だな。心配しないで。


遅くなったとしても、必ず戻る。


昔、そう約束しただろう？」

ベラは、嬉しさのあまり泣き崩れる。

「どうして、母さんを残して行ったの？　私が、どれだけ悲しかったか――」

「ごめんよ、母さん。すべてを思い出すまで、今まで時間がかかってしまったんだ。でも、母さんは、はじめから気づいていてくれていた。……母の心は偉大だ」

「ああ、私の王子、私の息子」

オームの頬に優しく手を触れるベラ。オームは、傍らに佇むパップーを見て笑う。

「パップー。お前……年取ったな！」

「え？　ええと……オームさん、ですよね」

「ああ。肉体はオーム・カプール。でも、中身はお前の知っているオームだよ」

「えっと、何をおっしゃっているのか、さっぱり……」

「だから。僕は、オーム・プラカーシュ・マキジャーなんだって！」

「――まさか、本当に？」

「ああ。大スターになって戻ってきた。お前のアドバイス通り、姓もちゃんと〝カプール〟に改名した！」

「嘘だろ？」

「嘘じゃないって！　子供の頃の名前はマッキー！　ハエ男のオーム！　お前にさんざん、改名しろって言われ続けた、あのオームだよ！　僕は生まれ変わったんだ！」

「オーム……！」

パップーの目にも涙が浮かぶ。

「なんだよ、クソ！　おい、オーム！　俺達がどれだけ心配したと思う⁉」

「でも、私が言った通りになった。私の息子は必ず大スターになるって。……ねえ、オーム。もう、どうにも行かないわよね」

「ああ。行かないよ。……これから、何もかも。きっと良くなる」

嬉しそうに微笑むベラとパップー。しかし、感動の再会もつかの間。オームは急に真顔になってこう言い出した。

「――二人に、手伝って欲しいことがあるんだ」


かつて、オームが通いつめた公園は、この30年で様変わりしていた。流行りのコーヒー店などが立ち並び、シャンティの大きなポスターがあった場所は、ダンディにキメるオーム・カプールのポスターに変わっていた。

自分のポスターの前で、オームは、パップーに、30年前、自分とシャンティの身に何が起きたのかを一から説明した。そして、私利私欲の為、セットに火をつけ、シャンティを

じゃない。
何かが、運命
んだ。

殺そうとしたムケーシュのことも。

ひとしきり話を聞いたパップーは、うーん、と頭を抱える。

「お前の話は分かった。……でも、そんな話、誰が信じると思う？」

「だけど、これが真実なんだって！」

「オーム。さすがに無理だよ。前世の記憶ってだけじゃ、彼を追い詰めることはできない。きっと、また逃げられて終わりさ。シャンティの遺体も出ていないし、お前は行方不明扱い。物的証拠がなければ、どうしようもない」

「――心から強く求めれば、世界中が味方してくれる。違うか、パップー？」

オームの言葉を黙って聞くパップー。

「今のところ、ムケーシュは、過去の罪から逃れられている。証拠もないし、目撃者もいない。だが、**天はちゃんと見ていた。**火事のあったロケ地に僕が導かれたこと、そこで前世の記憶を思い出したこと。それがあったから、こうしてまたお前と再会することもできた」

オームは確信していた。これは、偶然じゃない。目に見えない何かが、運命を操っているんだ。

「ここからどうするか。その結末は僕らに委ねられている。パップー。僕は今でもシャンティの、あの叫び声が耳から離れない。彼女のことを救えなかった。あの時の僕は本当に非力だった……。でも、今は違う！　ムケーシュに天の裁きを下してやる。あいつが彼女に行ったひどい仕打ち。その罪を必ず償わせてみせる。勝つのは正義だ！　**僕らの映画は、終ってない。**

——まだ、続くんだ！」

熱意のある言葉は、時に人の気持ちを変える。懐疑的だったパップーはオームの固い決意にほだされ「分かったよ」と頷き、計画に協力する、と約束した。

オームの計画は、壮大。且つ、いたってシンプルなものだ。やるべことは、たった一つ。映画を作る。それだけだ。


ムンバイにある五つ星ホテル。そのラウンジでマティーニを飲みながら、オームはムケーシュと新しい映画の話をしていた。

「『オーム・シャンティ・オーム』を製作したい？　バカな、冗談だろ？」

オームは、徹夜で作った企画書を差し出し、説明する。

「いや、本気だ。これが実現するなら、今、僕に殺到しているオファーはすべて断ってもいい。あの映画は最高だ。恋愛あり、ドラマあり、アクションあり――。大ヒット間違いなし、だ」

「だが、あの映画のテーマは〝生まれ変わり〟だ。この時代、誰がそんなものを信じる?」

「誰も信じなくたっていいんだ。……あんたさえ、信じれば」

「――え?」

「ああ、いやいや。脚本を信じろってこと。プロデューサーだろ。ムケーシュ」

「〝マイク〟」

「え?」

「ハリウッドでは、そう呼ばれる」

「ああ、〝マイク〟。ハリウッド流ね」

――どうでもいいわ、と思うオーム。しかし、ここで彼の機嫌を損ねたらすべてが台無しだ。

「……で？　〝マイク〟。どうかな。この映画の企画」

「良くないね。脚本も未完成だし。……それに、あの映画はどうも縁起が悪い」

「縁起が悪いって？　それは、どうかな。確かにスタジオの火事のせいで多額の保険金を支払うハメになった。だが、その後、あんたはミッタルの娘と結婚した。しかも、撮影所のオマケ付き！　そして、ハリウッドに進出して、大金を稼いだ。すごいじゃないか。『オーム・シャンティ・オーム』が撮影中止になったお陰で大出世だ。なあ、これのどこが縁起が悪いんだ？　――ん？」

「……ずいぶん、私のことに詳しいじゃないか。オーム・カプール」

「おっと。〝O．K〟って呼んでくれないか。ボリウッド流にね」

「――いいだろう」

そう言うと、ムケーシュはタバコを手に取り、ライターで火をつけた。

「……そういえば、あの火事で、女優に不幸があったって聞いたけど。名前は」

「シャンティ」

「シャンティ！　そうだ、シャンティ……」

「シャンティプリヤ」

「シャンティプリヤ！　そうそう！」

わざとらしく、膝を叩くオーム。

「彼女。……その後、どうなったんだ？」

むせて咳をするムケーシュ。

「……消えた」

「消えた？　へえ」

「一生懸命、捜索はした。だが、フッと消えてしまったんだ」

「フッと消えた？　……僕は、**探そうと思えば神だって見つけられる**と思うけどね」

黙ったままのムケーシュ。タバコの煙をくゆらせながら、ぼんやり一点だけを見つめている。

「さては、あんた……本気で探さなかっただろ？」

微動だにしないムケーシュ。眼球だけが動き、オームを睨みつける。

もしかしたら、前世で怖い目に遭ったのかもしれないな

「冗談だよ、僕はただ――」

　そこに、ラウンジの従業員が料理を運んできた。火のついた肉料理だ。オームは慌てて立ち上がる。

「おい、やめろ！　そんなものをテーブルの上に置くな！　引っ込めてくれ！」

　クソ、と眉間を押さえてソファに座るオーム。

「おい、O．K。大丈夫か」

「大丈夫じゃない。最悪だよ。……実は、炎恐怖症なんだ。なんでだか分からないけど、昔から火が怖くてね。――もしかしたら、前世で怖い目に遭ったのかもしれないな」

　怪訝な顔でオームを見つめるムケーシュ。

「話を戻そう。とにかく、僕は本気だ。僕がやりたいのは『オーム・シャンティ・オーム』それだけ。他のじゃダメだ」

「君は、相当頑固だな」

「ああ、そうさ」

　ムケーシュは、タバコの吸い殻を灰皿にギュッと押し付けると、こう答えた。

「……いいだろう」

「本当に⁉」

「私は、またひと月、アメリカで仕事だ。帰国してくるまでに、映画に適したヒロインが見つかれば、撮影しよう」

「いいね。任せろ、マイク。それに、脚本の件も心配するな。クライマックスは僕が書く」

「君が？」

「ああ、最高の結末を用意するよ」

オームはマティーニのグラスをムケーシュに差し出す。

「乾杯だ」

ムケーシュも、自分のグラスを掲げ。

「新作に」

「いや違う」

「……？」

「**新しい結末に、**だ」

二人は、カチンとグラスを合わせる。微笑むオーム。
――さて、いよいよ復讐劇の始まりだ。

ベラが、これまでの人生で自慢に思っていること。第1位は、もちろんオームという素晴らしい息子を持ったこと。そして、第2位は、誰よりも役者のオーディションを受けた経験がある、ということだ。昔から「オーディションのことなら、なんでも聞きなさい」とオームに言い続けてきたベラ。まさか、今になって、そのスキルが役に立つことになろうとは。

『オーム・シャンティ・オーム』のヒロインオーディション。その審査委員長をベラが務めることになったのだ。脇役とはいえ、これまで現場で数々のスター達を見てきた。素質があるかどうかを見抜くことぐらい、ベラにとっては朝飯前だ。そして、映画の助監督数名と、何故かパップーが審査員を務めることになった。

オーム・カプールが製作に加わるということもあって、ヒロインのオーディションには数千人の女性が応募してきた。その中で写真選考を行い、それに通過した人が、演技審査に進める。課題はたった一行のセリフだけ。

「一筋のシンドゥールの価値があなたに分かる？　それは、神の恩寵なのよ」

かつて『ドリーミー・ガール』でシャンティが言っていたセリフだ。

しかし、オーディションにきた美女達は、その一言すらままならない。

棒読み程度ならまだいい。自分をアピールしようと、わざとらしく身振り手振りをつける者。セリフを全く覚えていない者。「このセリフ、どういう意味ですか」とケチをつけてくる者。

イラつくベラは「ああ、もういっそ、殺してちょうだい！」とヒステリーを起こす。

適した女優が見つからないまま、3日が過ぎ、5日が過ぎ……気が付けば、オーディションは7日目の朝を迎えていた。すっかり疲れ果てたベラとパップー。このあたりになってくると、だんだん候補者選びも雑になり、喘息持ちで吸引器が手放せない人が来たり、女装した男性がやってきたりと、もうメチャクチャだ。

頭を抱えるベラ。

「ああ、15年前だったら、私がヒロインをやるのに……」

オーディション10日目も終了。後片付けをしていたパップーが照明を落とすと、オームが、進捗状況を見にやってきた。

「どうだ、ヒロインは。いい子見つかったか?」

「この通りだよ」

パップーは、すべての応募者のプロフィールシートを放り投げる。

「全然ダメ。応募者全員見たけど、ヒロインに適した子は一人もいなかった」

「……参ったな。時間がないのに」

「ギリギリまで粘ろう。大丈夫さ。きっと見つかる」

「そう呑気に構えてもいられないよ。ムケーシュがアメリカから戻ってくるまで、あと数日しかない。映画のヒロイン役と、陰でシャンティを演じてくれる子が見つからなければ、終わりだ」

オームとパップーが頭を抱えていると、会場の入り口から「あの、すみません」と女性が声をかけてきた。部屋が暗いので顔は見えないが、どうやら遅れてきた応募者らしい。

「今日は終わりだ。明日、また出直してくれ」

「明日？　守衛さんに聞いたら、まだやってるって言われたわ。それに、今、行けば、O.Kに会えるって。お願い。私、この為に南インドから来たの。どうか、チャンスをください。私、サンディって言います」

　フィルムフェアマガジン賞の時、レッドカーペットでオームにファンレターを渡しそびれていた女の子だ。

　照明の消えた会場内で、必死に熱意を訴えるサンディ。

「お願いします！　私、O.Kの大ファンなの。世界で一番、あなたが好き！　……本当のことを言うと、オーディションなんてどうでもいい。ただ、O.Kに会えれば――」

　そう言いかけた、サンディはコードに足を引っかけ、派手に転んでしまう。

「ああ、転びやがった。ここは、暗いからな。パップー、電気をつけてくれ」

　部屋の照明をつけるパップー。オームは、転んだサンディに手を差し伸べる。

「大丈夫か？」

　憧れのオームに声をかけられ、頬を紅潮させ顔を上げるサンディ。その瞬間、オームは息を呑む。

シャンティに夢中
だって、苦しくも
甘美なあの感覚。

サンディは、シャンティと瓜二つなのだ。

「すみません、私ったら。邪魔ばかりしてしまって……あの、でも、こうして、O．Kに会えただけで、十分です。ありがとう」

お辞儀をして帰ろうとするサンディ。その手を掴み、オームはパップーにこう告げた。

「決まりだ。シャンティ役は彼女でいく」

「え!?」

バイトが終わった後、深夜バスに飛び乗り、オーディション会場にやってきたサンディは、ノーメイク。眉毛も肌も、何の手入れもされていない。おまけに髪はとれかかったパーマでぼさぼさ。くちゃくちゃとガムを噛んでは膨らまし、パチンと割ってみせるその姿は、品のかけらもない。なんとかして、このヤンキー娘を麗しきシャンティプリヤに変身させなければならない。

いきなり「合格」と告げられ、訳も分からないままホテルの一室に連れてこられたサンディ。優秀なメイクスタッフ達が化粧を施し、衣装係は、実際にシャンティが使用していたサリーを用意する。

別室で、仕上がりを待つオームとパップーとベラ。目の前のカーテンが開くと、美しく変身したサンディが姿を現す。座っていた三人は、目を見張る。美しく着飾れば着飾るほど、サンディは、シャンティに近づいていく。

オームは、**30年前の感覚に引き戻される。**シャンティに夢中だった、苦しくも甘美なあの感覚。

「……綺麗だな」

「ああ。上出来だ」

褒められて、嬉しくなったサンディは、オームの元に駆け寄ろうとする。しかし、慣れないサリーに足を取られ、ドタッと派手に転んでしまう。うーんと頭を抱えるオーム達。見た目はそっくりでも、やはり中身は別人だ。

「しょうがないね」とベラが気合を入れる。

「女優というものがどういうものか。私が一から叩き込んであげるよ」

『フィルムフェアマガジン』で、主演男優賞を獲ってからオーム・カプールは別人のようになった、と映画界では評判だ。以前は、いいところのお坊ちゃんで、俳優の仕事もお遊びでやっている印象だったが、最近は遅刻もせず、どんな大変な撮影も文句を言わず取り組んでいるともっぱらの噂だ。

当の本人にとっては、それは当然の話。長い下積みを経験した前世の記憶があるからこそ、黙っていても仕事が舞い込んでくる現在の状況がどれだけありがたいことなのか、身に染みて分かるようになったのだ。どんな仕事も手を抜けない。

オームは、一度火の使用で揉めて撮影が中断していた映画『三重苦の恋』の現場にも復帰した。目も見えない口もきけない、耳も聞こえない車いすの青年を熱演するオームに、プロデューサーと監督の父子は感激する。

ずっと傍でオームの様子を見ていたマネージャーのアンワルは「いったい、何があったんだ?」とオームに尋ねてくる。

「あんな、ヒットするかどうかも分からない仕事、以前は絶対途中で放り投げたじゃないか。なんで急に真面目になった? なんだ、結婚したい女でもできたのか?」

「そんなんじゃないよ」

「『オーム・シャンティ・オーム』の製作話だって、何も言わずに勝手に決めてくるし――」

「だから、それには、色々事情があるんだって」

「事情って、なんだよ。……あ、もしかして、独立⁉　どこかの事務所に引き抜かれたのか？」

「あー、もう、分かったよ。全部話すよ。……その代わり、信じるも信じないも、お前次第だからな！」

これから、何かあるたびに、いちいちアンワルに詮索されるのは面倒だ。オームは、彼に何もかもを打ち明けることにした。

「嘘だろ、オーム。お前が、エキストラ俳優の生まれ変わりだって言うのか？」

「ああ」

「……ふざけるなよ」

「頼むよ、アンワル。信じてくれよ。僕はいたって正気だ。頼むから、病院送りにしたりしないでくれ」

「するもんか。俺が『ふざけるな』と言ったのは、なんで、お前がもっと早くその事実を俺に教えてくれなかったのかってことだ。早く言ってくれたら、色々手助けできたのに」

「アンワル……」

「生まれ変わっても貫く恋。最高じゃないか。映画の題材にもぴったりだ。決めたぞ、オーム。俺は、君とシャンティの行く末を見届ける。どうか、俺も仲間に入れてくれ」

アンワルという心強い仲間を得て、オームは映画『オーム・シャンティ・オーム』製作の準備に乗り出した。

残るは、サンディの仕上がりだ。彼女がどこまでシャンティに近づくことができるか。そこにすべてがかかっている。しかし、パップーの話によると、かなり厳しい状況らしい。オームは、時間を見つけて、ホテルでレッスンを受ける彼女の様子を見にいくことにした。

ちょうど、ベラがサンディにセリフの指導をしているところだ。

「いいかい、サンディ。私の真似をして。『一筋のシンドゥールの価値があなたに分かる?』」

「一筋のシンドゥールの価値があなたに分かる？」

「神に与えられた恩寵よ、一筋のシンドゥールは――」

「神に与えられた恩寵よ、一筋のシンドゥールは」

「幸せな妻だという印なの」

「幸せな妻だという印なの」

まるで、ロボットのように、ベラの動きとセリフを真似するサンディ。それが滑稽で、つい噴き出してしまう。

「おい、何を笑っている。何がおかしい？　何故笑う？」

いきなり、怒鳴り込んできたオーム。叱られ、身を縮こませるサンディ。「おい、オーム」とパップーが制止しようとするが、オームの怒りは収まらない。

「これはお遊びじゃないんだぞ。――分かってるのか？　……パップー。これじゃ、無理だ。彼女にシャンティの役を任せることなどできない。呆れるくらい馬鹿だからな！」

オームの暴言に、サンディは俯いて、ただ震えることしかできない。

「君は女優じゃないし、演技はできない。それを分かっていて、みんな頑張ってるんじゃないか。努力しろよ！　いい加減ウンザリだ。出てってくれ！　さあ、出てけッ！」

サンディの大きな瞳から、涙がポロポロと零れ落ちる。サンディは何も言葉を発することなく、泣きながら部屋を出ていった。

「まったく……」とベラはため息をつくと、オームの額をピシャリと叩いた。

「女の子を泣かせて！」

ベラは、急いでサンディを追いかけていく。二人きりになったオームとパップー。

「オーム。そうイラつくなよ。サンディは、計画のことを知らないし、素人なんだぞ？」

「そうだけど。この計画のすべては彼女にかかってる。顔はそっくりだけど、中身が違いすぎる。あんなんじゃ、ムケーシュに、すぐにニセモノだと見破られちまう。そしたら、元も子もない。あいつに逃げられて、終わりだ」

「だったら、彼女にちゃんと話せよ。何故、サンディが必要なのか。その理由を全部話してこい！」

シャンティになりきるには、シャンティを知ってもらうしかない。オームは、ちゃんと彼女と話をしようと、アースマーン映画スタジオの噴水前にサンディを連れ出した。


シャンティは、かつて僕が愛した女性なんだ

「サンディ。さっきは怒鳴って悪かった。君に何の事情も話さず無理難題を押し付けた僕の方にも責任はある。……本当にごめん」

「O．K。お願い、話して。私が、シャンティプリヤを演じることに何の意味があるの？」

「シャンティは、かつて僕が愛した女性なんだ」

「――え？　ファンだったってこと？」

「ああ。ファンであり、そして友達でもあった。信じてもらえないかもしれないけど、僕とシャンティは、**同じ時代を生きていた**ことがあるんだ」

オームは、すべてをサンディに打ち明けた。サンディが生まれるずっと前の話。自分は売れない俳優、オーム・プラカーシュ・マキジャーとして生き、今の自分はその生まれ変わりであるということ。そして、命を懸けて愛しぬいたシャンティと、その彼女を苦しめたムケーシュのことも。

「僕は、どうしてもムケーシュに過去の罪を認めさせたくて、今回の計画を思いついたんだ。そして、今、彼女がどこにいるのか。それも突き止めたいと思っている」

黙ったまま、俯いているサンディ。

「……ごめん。このことは君に、最初に話しておくべきだったよね。背景を知らなきゃ、シャンティになることはできない。でも、こんな奇想天外な話。どう話せばいい？　きっと信じてもらえない。誰にも――」

「あなたも、私みたいだったのね。Ｏ．Ｋ」

「え？」

「遠く離れている誰かに恋をして、夢中でその人を追いかける。相手は、自分のことなど知りもしないのに」

「サンディ……」

「私は、信じるわ。あなたとシャンティの物語を。だって、私もあなたと同じ立場なら、必ず同じことをしたと思うもの。Ｏ．Ｋ、お願い。私にもあなたの手伝いをさせて。これからは、ちゃんとやる」

「本当に？　本当に、僕のこんな話を信じてくれるというのか？」

「もちろんよ。オーム・カプールは地上50階から落ちても、ケガをしないって言われたって私は信じる！　悪者百人一人で退治してヒロインを救った、とか、空を飛ぶ、水の上を歩く。そう言われても全部信じる。逆に聞きたいわ。何故、私があなたを信じないと思ったの？」

明るい笑顔が戻ったサンディを見て、オームは安堵し、彼女の身体を抱き寄せた。

「そうだね。悪かった。謝るよ」

「いいの」

オームの唇が、サンディの額に優しく触れる。

「待ってて、O．K。ムケーシュが戻るまで、まだ時間はある。これからは真剣にやるから、期待してて」

一週間後。インディラ・ガンジー空港の到着ロビーに、ムケーシュが姿を現した。彼を出迎えるオームとアンワル。

「O．K。どうだ、その後。映画の準備の方は」

「バッチリだ、マイク。君に早くこれを渡したくて、ここまで来たんだ」

アンワルは、恭しくムケーシュに封書を渡す。

「『オーム・シャンティ・オーム』の撮影開始式？　やめてくれよ。ただ坊さんが祈りをあげるだけの儀式だろ。俺は遠慮しておくよ」

「まあまあ、そう言わずに。今回は趣向を凝らそうと、ちょっとしたイベントを用意しているんだ。当日迎えにいくから、参加してくれよ。君がいないと話にならないんだ。……色々ビックリさせたいんでね」

「なんだ。サプライズでも仕掛けるつもりか？」

「さあね。それは、当日のお楽しみ」

ムケーシュは、タブレットでスケジュールを確認すると「分かった、行くよ」と返事をした。


撮影開始式当日。ホテルのロビーでは、スーツ姿のオームとパップー、アンワル。そしてドレスアップしたベラが待機している。その直後、階段の上から、最高級のサリーを身にまとい美しく変貌したサンディが姿を現した。階下にいたホテルの宿泊客達がその姿を見て感嘆のため息をつく。ヤンキー娘は、もうどこにもいない。彼らの視線の先には、堂々とした風格を持つ大女優、シャンティプリヤが立っていたのだ。

自信に満ちた表情で優美にホテルの階段を下りてくるサンディ。口をポカンと開けたままのアンワルに、オームは彼女を紹介した。

「アンワル。紹介するよ。彼女がサンディ。『オーム・シャンティ・オーム』の影のヒロインだ」

初めまして、とお辞儀をするアンワルにサンディは、上流階級のお辞儀をしてみせた。そして、皆の前でベラと特訓して習得したセリフを諳《そら》んじてみせた。

一筋のシンドゥールの価値があなたに分かる？

神に与えられた恩寵よ、一筋のシンドゥールは。幸せな妻だという印なの。

息遣いも、声のトーンも、セリフの間も。シャンティの生き写しだ。まさに完璧。オーム、そしてパップーは、サンディのここまでの努力を褒め称えた。サンディと一緒に頑張ってきたベラの瞳には涙がつたう。

「おばさん、どうしたの？」

「やあね、ただの嬉し涙」

仲間達に囲まれ、嬉しそうに微笑むオーム。さて、いよいよ本番だ。オーム・カップルが贈る感動巨編。

――まずは、プロローグだ。


車は高速道路に乗り、どんどん都心を離れていく。運転手はアンワル。後部座席には、オームと、ムケーシュが座っている。オーム・カップルと出会ってからというものムケーシュはずっと気持ちが張り詰めていた。

「何故、よりによって『オーム・シャンティ・オーム』なんだ？」「何か、この映画にまつわる変な噂でも聞いたのか？」そうオームに訊きたい。しかし、下手したら墓穴を掘りかねない。30年前、映画のセットにシャンティを閉じ込め火をつけたのは、自分なのだから。

ムケーシュはさりげなく隣に座るオームを見た。当の本人はイヤホンで音楽を聴きながら呑気に居眠りをしている。

――平常心だ。

ムケーシュはそう、自分に言い聞かせた。

「まもなく、会場に着きます」運転席のアンワルに声をかけられ、ムケーシュは窓の外を見る。いつの間にか車は郊外の一本道を走っていた。見覚えのある道。そうだ、この道は、アースマーン映画スタジオに続く道……。

「懐かしい?」

いつの間にか目を覚ましていたオームにそう声をかけられるムケーシュ。

「――なんのことだ?」

「サプライズだ。30年前、君が『オーム・シャンティ・オーム』を撮影するはずだったアースマーン映画スタジオ。撮影開始式は、そこでやる」

「ちょっと趣味が悪いんじゃないか? 君だって事情は知ってるだろ。あのスタジオで昔、何があったのか」

「もちろん知ってるさ。火事が起きて撮影前のセットが丸焼けになったんだろ?」

「だったら、なんで」

「だからこそ、ここにしたんだ。……そうだな。**輪廻転生ってやつだ。**

物語は、途中で止まったまま。続きを作るなら、止まったところから始めなきゃ」

ムケーシュは、ジッとオームを見据え……そして、急にニヤリと笑った。

「冴えてるな。O・K」

「だろ？」

オームが何を企んでいるのかは、知らない。しかし、ムケーシュは受けて立とうと覚悟を決めた。こんな小僧に自分の過去の罪を暴くことなどできないだろう、と。

車は、アースマーン映画スタジオの敷地の中に入っていく。車から降りたオームの周りには、大勢のマスコミが駆けつける。

「オームさん。何故、今この映画を手掛けようと思ったんですか？」

「映画に賭ける意気込みを是非！」

「意気込み？」

立ち止まったオームは、こう答える。

「僕の手で、この物語を終わらせる。それだけだ」

僕の手で、この物語を終わらせる

撮影開始式の直前、オームは監督他、現場のスタッフ達を呼び集めた。

「みんな、彼がこの映画のプロデューサー、ムケーシュだ。ハリウッド式に〝マイク〟って呼んでやってくれ」

よろしく、とお辞儀をするムケーシュ。

「では、お待ちかね。カワイコちゃんの登場だ。今回、映画のヒロインを演じるドリー！」

停車する車の中から、ぽってりと太った中年女性が出てくる。ギョッとするムケーシュ。

「まさか、これもサプライズって言うんじゃないだろうな、O.K?」

「ああ、ごめんごめん。彼女はドリーの母親兼マネージャーの、えっと名前は――」

ポーズをとる女性。

「カーミニ」

「カーミニだ！　よろしく！」

カーミニは、馴れ馴れしくムケーシュに体を寄せてくる。

「プロデューサーさん、うちの子ったら、夕べは興奮して寝ようとしなくて。『クマができちゃうでしょ』って言ってベッドに押し込んだんです」

「なるほど」

「女性にとって美容は、何よりも大切だもの。……あら、ところで、うちのドリーちゃんは？　ドリーちゃん、出てらっしゃい！」

振り返って車を見るオームとムケーシュ。後部座席からセクシーな美少女、ドリーが姿を現した。まだ10代にもかかわらず発育が良く、ドレスのスリット部分からは思わず吸い付きたくなるような太腿が見え隠れしている。

ドリーを一目見た瞬間、ムケーシュは、内ポケットから取り出した眼鏡をかけ、全身をくまなくチェックした。

「美しい……。本当に10代なのか、彼女は」

ドリーは、恥ずかしそうにムケーシュの前に立ち身をかがめて挨拶をしようとする。

「ああ、いいんだ。堅苦しい挨拶は無しにしよう。僕のことは、マイクって呼んでくれ。ドリー」

「……はい」

二人を見つめるオームは〝かかった〟とほくそ笑む。結局、映画の表向きのヒロインは適任な子が見つからなかった為、オームはシナリオを書き換え、幼馴染のドリーに協力を要請した。若くてセクシーな子に目がないムケーシュのことだ。きっと、ドリーを見て一目で気に入るに違いない、と。その予想はドンピシャ。間違いなく、撮影中にムケーシュはドリーを口説いてくるだろう。シャンティを苦しめたムケーシュの女癖の悪さ。それが、復讐の引き金となるのだ。


オームは、会場の片隅に隠れているパップーの元に駆けつける。

「これから、セットに向かう。……あれ、母さんは？」

「あそこ」

ボサボサのカツラを被り、怪しい祈祷師に扮したベラが、隅の方でブツブツとセリフの練習をしている。

「……すごいな。ばっちりだ。よく似合ってるよ」

「衣装はいいが、演技が大袈裟でね。……おばさん、そろそろ出番だよ」

「うるさいね、気が散るでしょ！　役作りしている最中なんだよ」

かつて名脇役女優と謳われたベラ。久しぶりの〝出番〟だ。

ムケーシュとドリー、そしてカーミニを連れて撮影場の敷地内を歩くオーム。

「撮影開始式は、あそこで行う」

思わず足を止めるムケーシュ。30年前、自分が火をつけ、焼け落ちたはずの洋館のセットが、全く同じ場所に建っている。

「……どうした、マイク。何か不都合でも？」

「何故、あのセットをまた――」

「これは、輪廻転生の物語だから、場所もそういう――」

「分かった！　その話はもういい！」

会場となる洋館のセットを見上げるムケーシュ。

姿形も、壁の質感もドアの形状も寸分違わない。ここまで緻密に再現できるのは、当時を知る人間しかいないだろう。ムケーシュは、周囲にいるスタッフ一人一人を見る。全員年が若く、ここで火事が起きた時には、まだ生まれてもいなかったような連中ばかりだ。

〝いったい誰がこの場所を再現したというんだ――?〟

玄関の前に立つと、あの夜のことが、嫌でも蘇ってくる。玄関のガラス窓の向こう。涙を流し、必死に助けを求めるシャンティの姿――。

「中に入るなァ!」

まるで地獄の底からのような声が周囲に響き渡る。ギクッとして振り返るムケーシュ。その視線の先には、祈祷師に扮したベラが立っていた。ベラは、ムケーシュにジリジリと近づいてくる。

「中に、入るなァ……中に、入るんじゃない……」

「な、なんだよ、あんた」

「入るなァ……!」

ベラは、ムケーシュの腕を掴もうとする。

「よせ、触るな! 何者だ!? ――おい、警備員!」

ベラは、ヒ、ヒ、ヒ、と不気味に笑う。

「――中では、あの子が待ってるからね」

「あの子……？」

なんの騒ぎだ、とオームも駆けつけてくる。

「おい、なんの騒ぎだ⁉　どうした、ムケーシュ」

「分からない、この老婆が訳の分からないことを言って騒いでるんだ」

「おい、婆さん。うちのプロデューサーに何の言いがかりだ⁉」

「しらばっくれるんじゃないよ。……こいつは、もう逃げられない」

「何だって？」

「逃がすもんか」

「おい、婆さん。何のことを言ってるんだ？」

「シャンティ!!!」

思わず身構えるムケーシュ。ベラは、ヒャヒャヒャと奇声を発しながら、消えていく。恐怖のあまり泣き出すドリー。

「マイク。なんなんだ、今の」

「――知らん」

ムケーシュは、洋館の中に入っていく。それに続くドリーとカーミニ。

「ママ……。私、なんだか怖い」

「泣かないの。お化粧が崩れるわ」

彼らの後に続くオームは〝完璧〟と微笑む。今ので、ムケーシュは相当動揺したはずだ。

——さて、いよいよ本編の始まりだ。


洋館に入ってすぐの、広大なホールもそっくりそのまま当時の物が再現されていた。天井から釣り下がる大きなシャンデリアも、2階に続く螺旋階段も。まるでタイムスリップをしたような感覚に陥る。かつて、ムケーシュが、「ここで結婚披露パーティをしよう」とシャンティに告げた場所。

——そして、シャンティを閉じ込め、火をつけた場所だ。

集まってきた数百人の賓客とマスコミの前で『オーム・シャンティ・オーム』の撮影開始式が始まった。司会進行をするオームに、アンワルが近づき、儀式用のココナツを手渡す。

「それでは幸先の良いスタートを願って、ココナツを割ろう！　この大事な役目は、プロデューサーのムケーシュにやってもらう。……マイク、頼むよ」

オームは、ムケーシュにココナツを手渡しながら、耳打ちする。

「マイク、一度で割ってくれよ。でなきゃ、縁起が悪いんだ。分かるよね？」

ため息をついて、頷くムケーシュ。司会のオームは、賓客を盛り上げる。

「安全の言葉を祈りとして、捧げよう！　シャンティ！」

「シャンティ！」

「オーム・シャンティ、シャンティ、シャンティ！」

「オーム・シャンティ、シャンティ、シャンティ！」

客を盛り上げながら、オームはムケーシュに合図をする。そのタイミングでムケーシュはココナツを床に叩きつけた。……しかし、ココナツはびくともしない。ああ……と残念な空気に包まれる室内。

気を取り直し、オームは再度、場を盛り上げようとする。

「気にするな、マイク！　もう一度やってくれ！」

力を込めて、再度ガツンとココナッツを床に叩きつけるムケーシュ。

「やった!」

――が、ココナッツには、ヒビ一つ入っていない。ざわつき始める賓客。

ゲストとして、横に立つカーミニが「怖いわ、なんて不吉なの……」と呟く。見かねたオームが「代わろうか」とムケーシュに言うが「いや、私が」と、再度ココナッツを手に取った。

「みんな、もう一度大きな拍手を!」

歓声と拍手に包まれる中、ムケーシュは、ココナッツを叩き付ける。しかし、結果は一緒。

不吉な結果に、完全に盛り下がる会場内。

「大丈夫か? マイク」

「分からない。……いったい、どうなってるんだ?」

ムケーシュのフォローをするその背中越しに、オームはこっそりとココナッツをすり替える。ムケーシュが持っていたのは、絶対に割れることのない鉄製のココナッツなのだ。

本物のココナッツを手にしたオームは、それを高々と掲げる。


不吉な結果に完全に盛り下がる会場内。

「気にするな。ハリウッドじゃ、こんなことはやらないだろ？　でも、インドでは、良き事の前には〝安全〟つまり〝シャンティ〟の為に、ココナツを割るんだ。――よし、ここは一つ、僕が何とかしてみよう！」

祈るようにオームを見つめる賓客達。

「そーれ！」

床に叩きつけられたココナツは、真っ二つに割れ、まるでシャンパンのように中からジュースがあふれ出した。拍手に包まれるオーム。一方のムケーシュは居たたまれない気分。

オームコールが鳴りやまない中、オームは「静粛に」と手をかざしスピーチを始めた。

「皆さん。今日は話したいことがいっぱいあるんだ。……実は、僕からこの機会を借りてオマージュを捧げたい人がいる。本作にも縁が深いというか。……元々『オーム・シャンティ・オーム』は彼女の映画だった。彼女は、映画撮影間近に、この場所で火事に遭い、そして姿を消した。――感じる。今も、彼女は僕達を見ている。

さて、皆さん。紹介します。これがその彼女です。――シャンティプリヤ」

オームの合図で、会場内に置かれていた巨大なスチール写真のベールが剥がされる。姿を現したのはシャンティプリヤのポートレート。ムケーシュは、思わず写真から目をそらす。30年経った今でも、彼女が自分のことを恨み続けているような気がして、写真を直視することができないのだ。

その頃。会場の2階にある舞台裏では、パップーが今日の為に雇った配線係のスタッフと共に次の仕掛けの準備に入っていた。この後、ドリーが写真に灯明を捧げる。その時に、仕掛けのスイッチボタンを押すと、シャンティのポートレートが自然発火する手はずだ。

会場内ではオームがドリーに声をかける。

「ドリー。お願いがあるんだ。シャンティを偲んで灯明をあげたい。君がやってくれる?」

「ええ、もちろん」

蝋燭を取りにいくドリー。ポートレートから伸びた配線が、ドリーの長いドレスに引っかかり、その拍子に写真に仕掛けたコードが外れてしまう。しかし、オームは全くそれに気づかない。

蝋燭に火をともし、シャンティの写真に歩み寄るドリー。会場内全員が黙祷を捧げる。それを見た舞台裏のパップーが配線係に指示を出す。

「3、2、1――今だ！」

スイッチボタンを押す配線係。しかし、写真に火がつかない。焦るパップー。

「おい、つかないじゃないか！」

「おかしいな……」

2階の小窓から、階下を覗き込む配線係。仕掛けのコードが写真から外れ、ぶら下がっている。

「――あ！　コードが外れてる！」

「なんだって⁉　どうするんだよ！」

その時、会場からドリーの悲鳴が聞こえてくる。

「火事だわ！　助けて！」

「火事⁉」

慌てて小窓から会場の様子を覗くパップー。配線が外れていたはずの写真が、何故か燃えている。

「え⁉　なんで？　コードは、確かに外れていたのに……？」

シャンティの写真は、あっという間に激しい炎に包まれた。その様子を呆然と見つめるムケーシュ。

「助けて、助けて、ムケーシュ！」

頭の中に蘇ってくる彼女の悲痛な叫び声。ムケーシュは首を横に振り、慌ててそれを打ち消した。もう終わったことだ。シャンティはどこにもいない。恐怖を感じることなどないのだ、と。


「見たか、ムケーシュの、あのビビった顔！」

夜、ホテルに戻ったオームは、パップー、ベラ、アンワルと大笑いする。

「お蔭様で大成功だ。このままいけば、きっとうまくいく。ムケーシュが過去の罪を認めるのも時間の問題だ」

ベラは、立ち上がり、祈祷師の芝居を再現する。

「『中に入るなァ!!　中に入るんじゃない!!』――どうだい。堂に入ったものだったろ?」

「最高だったよ、母さん!」

アンワルは、鉄製のココナツを取り出す。

「俺の、ココナツすり替えテクも、良かったろ?」

「ああ!　あと、パップーも。写真が燃えるタイミングが秀逸だった!」

「あ、ああ。うーん……」

「どうした?」

「実は、あの写真、何で燃え出したのか今一つ分からなくて……」

撤収した後、パップーは写真の配線を再度確認してみた。が、どう考えても、火が点くような状況ではなかったのだ。

「……まあ。結果オーライだろ!」

「そうだな!　明日も頑張ろう!」

オームは一人緊張した様子のサンディに声をかける。

「明日はいよいよ。サンディ。君の出番だ。気を抜くな。段取りは大丈夫か?」

「ええ。分かってる。……でも、怖い。もし、失敗したら」

「しないよ」

オームを見るサンディ。

「心配するな。大丈夫」

「……はい」

——どうかうまくいきますように……。サンディは心の中でそう祈った。


翌日は、アースマーン映画スタジオでの撮影初日。朝から現場にやってきたムケーシュは、昨日の騒ぎのせいで、気分が悪かった。しかし、プロデューサーとしてやらなければいけないことが山積み。機材をどうしたい、だの、衣装が手に入らない、だの、役者が喧嘩した、だの。朝から面倒な案件のメールで、携帯は鳴りっぱなしだ。そう思う傍からまた携帯が鳴る。ウンザリ顔でメールを見るムケーシュ。見慣れないアドレス。開いてみると、それはドリーからのメッセージだった。

「ムケーシュさん　お話したいことがあるの　ないしょで私の控室にきて」

文字を見つめるムケーシュ。「きて」の後にはピンクのハートマークが揺れている。困ったようにため息をつくムケーシュ。

——このぐらいの楽しみでもないとやってられないな。

ムケーシュは、ムスクのコロンを身体に振りまく。

その頃、ドリーはメイク室にこもりっきりで、ヘアメイクのスタッフを困らせていた。

「違う違う、もっと、髪の毛にボリュームを持たせたいの！」

背後で、その様子を見つめるオーム。

「おい、ドリー。いい加減にしろよ。本番始まっちゃうよ」

「だって……」

オームは傍に置いてある派手なドリーの携帯を見る。「メール着信アリ」。オームは、ドリーがメイクに夢中なことを確認し、そっとメールを見た。ムケーシュからの返信。

「了解だ、ベイビー」

必死に笑いをこらえるオーム。本当にスケベな奴だ。ドリーからのメールはオームが出したもの。そうとも知らずに、ムケーシュは、まんまと釣られて来たのだ。

オームは、こっそりメイク室を出ると、携帯でパップーに指示を出す。

「パップーか？　間もなく、奴はドリーの控室に行く。サンディと待機しててくれ」

「了解」

オームは、スタジオに戻り、ムケーシュの様子を窺う。手鏡で、髪型をチェックしていたムケーシュは周囲の目を気にしつつ、さりげなくスタジオを出ていった。その後をつけるオーム。

ドリーの控室は、スタジオの2階。ムケーシュは軽い足取りで、階段を上っていく。

「今、そっちに向かった」

いよいよ、本番だ。ドリーの控室で待機するサンディは緊張で震えが止まらない。

鏡に映るシャンティに扮した自分を見つめるサンディ。

「私は、シャンティ。大女優シャンティ……」

そう呟くと、何故か気持ちが落ち着いてきた。何か大きな力が手を貸してくれているような気がする。

〝頼むぞ、サンディ〟オームは祈る思いで撮影スタジオに佇む。ふと気づくと、現場にカーミニの姿がない。傍にいたスタッフに声をかけるオーム。

「なあ、カーミニさんは、どこにいったんだ？」

「ドリーさんの控室に行くって言ってましたよ」

「ええ？」

「本番前に化粧直ししたいって」

「化粧直しって。……あの人、関係ないだろ！」

オームは、慌ててスタジオを飛び出していく。

ドリーの控室に歩いていくムケーシュ。少し離れた後方から、カーミニも姿を現す。

現場にムケーシュ以外の人がいたら、計画は台無しだ。カーミニを追いかけるオームは、階段を一気に駆け上がりカーミニに声をかけた。

「カーミニさん！」

「あら、どうしたの？　そんなに息を切らせて。……もしかして、私を追いかけてきたの？」

「あ……はい。そうなんです、その……」

オームは、咄嗟にポケットに手を突っ込み、たまたま入っていたボールペンを差し出す。

「これ、お忘れかと」

「あら、わざわざ、ありがとう。……でも、これ私のじゃないわ」

「ああ……そうですか、僕の勘違いだったかな」

「でも、お優しいのね。信じられないわ。スター自ら走って持ってきてくれるなんて」

「いいえ、お安い御用です」

「かわいい人」

カーミニはニッコリ微笑んで、ドリーの控室に向かおうとする。

「カーミニさん、待って！」

思わず、手を掴んで引き留めるオーム。

「オームさん⁉」

オームは、この不自然な行動を誤魔化す為、咄嗟にカーミニを抱きしめてしまう。

「え⁉　――あ、あ、ああ……」

カーミニの顔が紅潮し、瞳がみるみる潤んでくる。

「えっと……あの……」

「なんなの、どうしたの、オームさん……」

なんとか時間稼ぎをしたいオームは、考え付くセリフを片っ端から並べ立てた。

「あの……実は」

「実は、何？」

「ボールペンは、口実です。ほ、本当言うと、僕、あなたと二人きりになりたくて」

「何故？」

「な、何故⁉　……わ、分かるでしょう？　あ、あの……僕、年上の女性が趣味なんです!!」

オームの突然の告白に、カーミニは少女のように赤くなっている。見つめ合うオームとカーミニ。――早く、この無意味な時間が過ぎて欲しいと、オームはひたすら祈った。

コンコン、とノックの音がして、ドアが開く。ドリーの控室にムケーシュが入ってきた。鏡の前には、美しい黒髪をとかす美女の後ろ姿。ムケーシュは、部屋のドアの鍵を閉め、背後から彼女に近づいていく。

「……ドリー。初めて会った時から、感じていたよ。通じるものだね。思っていたより、早い展開だが。君のような美しい女性にはハリウッドが似合う。口を利いてやるよ。その代わり、秘密だぞ。私達の関係は――」

ドリーに口づけしようと、顔を上げさせるムケーシュ。その顔を見た瞬間、驚愕する。目の前にあるのは、シャンティの顔。深い憎しみのこもった瞳で、ジッとムケーシュのことを見据えている。

「うわあああ！」

叫び声を上げ、控室を飛び出すムケーシュ。

「誰か、誰か来てくれ!!」

　カーミニのキス責めに遭っていたオームは、慌てて、その身体を引きはがすと、わざとらしく叫んだ。

「なんだろう、今の声は！　ドリーの控室の方だぞ！」

「行ってみましょう！」

　オームとカーミニが、ドリーの控室にやってくると前の廊下でムケーシュが茫然自失で座りこんでいる。

「おい、マイク！　どうかしたのか、顔が真っ青じゃないか！　何があった!?」

　ムケーシュは、怯えたようにドリーの控室を指差す。

「……中に」

「え?」

「中に、誰かいる」

「マイク。まるで幽霊でも見たような顔だな」

幽霊でも見たような顔だな

幽霊という言葉に、ひどく反応するムケーシュ。二人の間にカーミニが割って入る。

「幽霊ですって？　……それなら、スッピンのうちの娘かもしれない」

「とにかく、中を確かめてみよう」

オームは、そっと控室ドアを開けてみる。中の様子を窺うが、誰もいない。

「マイク、来いよ。ほら、平気だよ。落ち着いて」

恐る恐る中を覗き込むムケーシュ。オームの言う通り誰もいない。バカな、さっき、確かに鏡の前にシャンティが座っていたのに。

「いや。確かに、ここに人が――」

「なあ、落ち着けってば、マイク。ここから誰か出てったか？」

「……いや」

「だろ？　――ん？　ところで、ムケーシュ。なんで、ドリーの部屋にお前がいたんだ？」

「あら、本当。そうね。うちの娘に何か御用？」

疑惑の目をムケーシュに向けるカーミニ。

「あ、いやいや。あの……ト、トイレを探しているうちに迷い込んでしまって」

「おいおい、マイク。トイレだったら、これからはドリーじゃなくて、僕の部屋のを使えよ。女性には敬意を示せ」

「……ああ」

「そうよ、そして愛も示して！」

「カーミニさんも、そう興奮しないで」

ムケーシュは、力なくオームにこう告げる。

「O．K、悪いが、今日はもう帰るよ。気分がすぐれない」

「そうだな。そうした方がいい。きっと疲れたんだ」

そう言うと、二人を控室から連れ出すオーム。さりげなく、振り返ると、控室の奥にある隠し窓からサンディが顔を出した。「大成功」と合図を送り合う二人。

ムケーシュは相当ショックだったのか、その日を境に撮影現場に全く姿を見せなくなった。

「少し脅かし過ぎたかしら」と心配するサンディ。しかし、オームは「想定内」と全く動じない。ここから、クライマックスまで一気に駆け抜ける。

――いよいよ、大詰めだ。

数日後、オームは、映画会社の地下にある試写室を借り、そこにムケーシュを呼び出した。撮影したシーンのチェックを行うためだ。オームは、こっそり持ち込んだ瓶ビールをムケーシュに手渡す。

「乾杯だ、マイク」

「……」

「その後、体調は？　現場に来ないから、みんな心配してるぞ」

「……プロデューサーは忙しいんだ」

「分かってるよ」

「現場には、君がいればいいだろ」

「まあ、そうかもね。とにかく、撮り終えたシーンだけ見てくれるか」

「……ああ」

オームは、映写室に電話を掛ける。

「9巻目のフィルムを頼む」

「了解」

試写室の中央の座席に座る二人。

「マイク。このシーンの本は、僕が書いた。あまりの出来の良さに、きっとぶっ飛ぶぞ」

「そうか」

「ハラハラ、ドキドキだ」

暗転。途中まで撮影された『オーム・シャンティ・オーム』の映像が流れ始める。

主人公のラメーシュが、恋人からの結婚の申し出を受けるシーンだ。

「こんなにも深く、愛してくれてたなんて。結婚してくれるのね。――正式に」

大抜擢にもかかわらず、ドリーの演技はなかなか堂々としたものだ。

「あなたのことを疑って、ごめんなさい。許してね」

恋人は、パーティ会場を指し示しながら愛を語る。

「あそこから、君が来る。花嫁姿で。――舞い降りた天使のように美しく」

「ああ、あなた……」

顔を上げるヒロイン。その顔は、ドリーではなくシャンティだ。

驚いて立ち上がるムケーシュ。

「おい、O．K！　なんだ、今のは――！」

「マイク。落ち着け、どうしたんだ」

「お前も見ただろ？」

「何を？」

「何って！　……女だよ」

「ドリーだろ？」

「違う、ドリーじゃない！　別の女がスクリーンに映ったんだ！」

「バカな。このシーンに登場する女は、ドリー一人だけだ」

オームは、ムケーシュからビールを取り上げる。

「酒はやめとけ。これ以上酔ったらヤバイ」

フィルムは回り続けている。物語は山場を迎える。

「シンドゥールは、神に与えられた恩寵なのよ。幸せな妻だという印――女なら、誰もが夢見るわ」

ドリーの背後から、シャンティが姿を現す。ゾッとして立ち上がるムケーシュ。

「止めろッ！　映画を止めろ！　電気だ！」

フィルムが停止し、室内の灯りがつく。

「おい、今、マイク。いったい、どうしたんだ」

「おい、今、変な女が映ってただろう？」

「落ち着けよ。映っていたのは、ドリーとその相手役だけだ」

「バカな！　俺は確かに、この目で見たんだ！」

「僕を信じないのか？　――分かった、待ってろ」

オームは、映写室に電話をかける。出たのはパップーだ。

「試写室。今のフィルムをもう一度回せ」

「はいよ、ボス」

映写室のパップーは、フィルムを取り換える。今流したのは、シャンティ役のサンディが映り込むよう加工した映像。次に流すのは、加工する前の通常の映像だ。

試写室で、全く同じシーンの映像を見るオームとムケーシュ。

「どうだ？　変な女なんか映っていないだろ？」

「……そんなバカな。確かにいたんだ。……彼女がいた。スクリーンに」

「彼女？　──いったい、誰なんだ？　その女って」

〝しまった〟と思うムケーシュ。ギリギリの精神状態の中で、つい口を滑らせてしまった。

「なあ、この間、撮影所の控え室で見た女も、同じ女か？　……なあ、マイク。あんた、この間から噂になってるぞ。イカれたんじゃないかって」

「……」

「……否定する気もないのか？　もし、マスコミが騒ぎ出したらこの映画は──」

オームがそこまで言いかけると、いきなりムケーシュが胸倉をつかんできた。

「私がイカれてるだと？　バカを言うな！」

ムケーシュの手を払いのけるオーム。

「じゃあ、おかしいのは僕の方か？　プロデューサーが、現場にも来ないで！　代わりに何もかも引き受けてやってるのに！　女が見えるとか、なんとか騒いで。いったい、どうなってるんだ！」

「私にも、分からないんだ。何がなんだか……」

ムケーシュは、うなだれ……そして、ポツリと呟いた。

「アメリカに戻れってことかもな」

「え⁉」

「……ああ、そうだ。そうしよう」

「え、ちょっと待てよ、ムケーシュ⁉」

焦るオーム。パップーも、映写室から二人のやりとりを見つめ、ハラハラしている。ここでムケーシュを逃がしたら、何もかも水の泡だ。

「俺は、明日の飛行機でアメリカに帰る」

「そ、それはダメだ！　マイク！　まだ帰せない。明後日は……明後日は、ほら！　音楽の先行リリースだろ！」

映写室のパップーは「バカ」と頭を抱える。

「頼むよ、マイク。明後日まではいてくれないと困る」

「悪いけど、無理だ。これ以上は、いられない。任せるよ。音楽のことぐらい、いいだろ」

「おい、待て。〝音楽くらい〟って何だよ？　重要だろ？　マスコミや、それに配給元だって来るっていうのにプロデューサーのあんたがいなくてどうする？　僕はあんたの部下じゃない。アゴでこき使うな。僕はスター。それも、スーパースターだ！　……ああ、もうやってらんない。もういい。僕はこの映画から降りる。こんな映画中止だ。マイク。お前もどこへでも行けばいいさ。ただ覚えておけ。僕はこの映画が打ち切りになっても、痛くもかゆくもない。だが、そっちはどうだ。今回で2回目だろ。それも同じ映画がまた頓挫。あんた、終わるぜ」

「黙れ。中止にはさせない。お前が、このまま続行しろ」

「あーッ！　うるさい！　僕に指図をするな！　僕は僕の意思で行動する！　この映画を成功させたいと思うなら、イベントに出るんだな。でなきゃ、あんたは破滅することになる。それでも、僕は構わないがな。――この大バカ野郎！」

　オームは怒り心頭で、試写室から出ていく。一人残されたムケーシュは、オームが置きっぱなしにしたビールを一気に飲み干す。

ホテルのプールサイドで、オームとパップーの帰りを待つベラとサンディ。きっと今回も上手くいったと信じていた。しかし、二人は戻ってくるやいなや、いきなり口論を始める。

「大バカ野郎は、お前だよ！　オーム！」

映写室で一部始終を見ていたパップーはオームを責め立てる。

「音楽リリースは、三週間後だろ。それを2日後にやるだって？　できるわけないだろ！」

「仕方がないだろ。あの状況だ。何とか引きとめなきゃ、アメリカに逃げられるとこだったんだ」

「だからって、出まかせにもほどがあるだろ！　たった2日で、どうやって音楽を用意する気だよ。セットや機材の準備だってあるし、打ち合わせだってしなきゃならない。それに、サンディだって、まだ完全じゃない！」

「……私、やるわ。失敗覚悟で。だからお願い。二人とも喧嘩しないで」

「サンディ。ごめん。失敗は許されないんだ。今度こそ、絶対、奴を逃したくない。俺は本気だ。本気で奴を追い詰めたいんだよ！」

「でも……」

「いいか。うまいこと奴を騙して、信じ込ませるんだ。シャンティがここに戻ってきたってね。自白させるには、もうそれしかない。頼むよ、サンディ。すべては、君次第だ」

困ったように俯くサンディ。パップーは彼女の肩を持つ。

「策に溺れるってやつじゃないか？　オーム」

「何？」

「初めから、この計画には無理があった。幽霊を見せて奴をビビらせて、過去の罪を告白させるって。　だいたい、シャンティは生きているか、死んでいるか、それすら分からないじゃないか。……うまくいくはずがない。奴だって、もう二度とお前の前に姿を現さないかもしれない。――これで終わりさ」

「〝心から何かを強く求めたならば、世界中が味方してくれて必ず欲しい物が手に入る〟……そうじゃなかったのかい？　二人とも」

ずっと静かに話を聞いていたベラが口をはさむ。

「大丈夫よ、オーム。心配しなくていいわ。パップーも。すぐ準備にかかって。ムケーシュは必ず来る。——だって、映画はまだ終わっていないもの」

オームとパップーは、その言葉を黙って聞き、そして気持ちを入れ替えた。ベラの言う通りだ。

自分達が計画の成功を信じなくて、どうする？

オームとパップー、そしてサンディは最後の力を振り絞って、音楽リリースの準備を始めた。これが最後のチャンス。期限はたったの2日。この一か八かの大勝負の先に、ハッピーエンドが待っているのか、バッドエンドが待っているのか。

——それはもう、神のみぞ知る、だ。

いよいよ、ムケーシュと対決する日がやってきた。彼と戦う場所にオームが選んだのはアースマーン映画スタジオ。例の洋館のセットだ。

映画『オーム・シャンティ・オーム』の音楽リリースのイベントが急遽開かれることになり、映画関係者やマスコミ、そしてオームのファン達が大勢駆けつけた。

果たして、ムケーシュは来るだろうか。固唾をのんで、彼の登場を待ち続けるオーム。開始時間まであと1分――。〝ダメか……〟とオームが諦めかけたその時、入口のドアが開き、ムケーシュが入ってきた。

〝来た……！〟

気合を入れるオーム。いよいよ大勝負だ。

マスコミに囲まれるムケーシュはインタビューに応じている。

「ムケーシュさん、プロデューサーを降りたという噂もあったようですが」

「まさか。降りたりしませんよ。私は、逃げることが何よりも嫌いなもんでね」

――2日前の試写室。オームが帰った後、どうしても納得のいかなかったムケーシュは映写室に忍び込み「9番」と書かれたフィルムを探し出した。フィルムを光にかざし、一コマ一コマを見つめると、その中に、加工して映りこんだシャンティの姿があることに気づいた。

〝やはり……あれは、幻覚などではなかった〟

ムケーシュは、すべてはオームが仕掛けた罠だということに気づく。どういう手を使ったかは知らないが、奴は、恐らく30年前の事件のことを知っている。シャンティにそっくりな女性を使って、俺を脅し、白状させ、それをネタにたかりでもかけてくるつもりだろう。——だとしたら？　ムケーシュは、自分にとって最も有益な行動を計算する。その答えは、すぐに出た。

——オーム・カプール。君には消えてもらわなければならない。

ムケーシュは、いつでも取り出せるよう、懐に仕舞ってある銃の位置を確認した。


室内の照明が落とされる。いよいよ『オーム・シャンティ・オーム』音楽リリースイベントの始まりだ。観客達は、オーム・カプールの登場に期待に胸を膨らませ、特設ステージの上を見つめた。音楽が流れだす。しかし、オームは姿を現さない。周囲を見渡す観客達。誰かが「上だ！」叫ぶ。天井からゴンドラに乗ったオームが姿を現した。西洋の貴族のような衣装を身にまとったオーム。ムケーシュも、オームを見上げる。

〝この私をコケにした代償は必ず払わせてやる……！〟

舞台に降りたオームは、まるで仮面舞踏会のような装いのダンサー達に囲まれ、歌で罪人ムケーシュを糾弾する。

聞いてくれ　こんな話がある　誰かを愛した人が　命まで失う
そんな恋をした人は　死んでも成仏しない
今日はこの話を聞いてくれ　物語の主人公は一人の青年
密かに或る娘に恋をした
その娘は世間でも評判の美女　誰もが知っている人
二人の物語を皆がこう呼ぶ　オーム・シャンティ・オーム

舞台上にドリーが姿を現す。拍手を浴びるオームとドリー。オームは、ドリーをシャンティに見立て彼女への恋心をダンスで表現した。オームを見据えるムケーシュは、どうやって、オームを追い詰めるか……。そのことばかりを考えていた。――その時、2階のバルコニーに黒いドレスを着た女が姿を現す。シャンティに扮したサンディだ。カラクリに気づいたムケーシュは、もう怯まない。彼女を捕まえ、狙いは何か聞き出そうと、追いかけていく。その背後でオームの歌は続く。

青年が追いかけていた　夢はただ一つ
娘が自分に振り向いてくれること
すべてが壊れるなんて　青年は知らなかった
どうしてそうなったか　それがこの物語
愛らしく美しい娘の　心を占める男　それは別の男だった
何も知らない青年の　夢が行き着くところ　それは悲しい結末
壊れた夢の物語を　皆がこう呼ぶ
オーム・シャンティ・オーム

サンディを見失ったムケーシュは、仮面をつけた踊り子の中に、黒鳥を思わせる不気味な仮面を付けた女がいることに気づく。その女が仮面を取ると、シャンティの顔が姿を現した。ムケーシュを睨みつけるシャンティ。ニセモノとは分かっていても、その鬼気迫る迫力にゾッとする。恐怖を覚えたムケーシュは、思わず会場から逃げ出そうとする。

モニター室で、ずっとムケーシュの姿を追っていたパップーは「ヤバイ、奴が逃げ出した！」と叫ぶ。

玄関に向かおうとするムケーシュ。しかし、そこに待ち構えていたかのようにオームが立ちはだかった。

逃がさない！

そう瞳で訴えながら、オームは思いの丈を歌でムケーシュにぶつけた。すると、まるで、オームの気持ちに呼応するかのように頭上の巨大シャンデリアが激しく揺れ始める。

聞いてくれ　こんな話がある　笑った人は次に泣くことがある
恋に夢中だった美女は　裏切られることに
今日はこの話を聞いてくれ　何も知らない美女が恋した男
その男の正体は浮気者
冷酷な男に心を捧げ　その身を預けた

代わりに得たのは自らの死
残酷な物語を皆がこう呼ぶ
オーム・シャンティ・オーム
悪事がバレないと　犯人は何故思うのか
血塗られた手は　そのままなのに
美女が殺された時　青年はそこにいた
だが彼女を救えず　彼は涙を流すだけ
犯人があいつだと　指さすことができる
そのために青年は戻ってきた
犯人は思い知れと　人生が叫んでいる
死の影が奴を覆う
転生の物語を　皆はこう呼ぶ
オーム・シャンティ・オーム

拍手に包まれるオーム。曲が終わった瞬間、ムケーシュは、通路に向かって走っていくサンディの姿に気づいた。後を追うムケーシュ。追われていることに気づいたサンディはどこかに隠れようと慌て、燭台に腕をぶつけケガをしてしまう。腕から滴り落ちる血を見て、ムケーシュは、サンディが実体のある一人の少女であると確信した。

「小娘め、痛めつけて白状させてやる！」

人ごみの中に紛れ込むサンディを追いかけるムケーシュ。と、突然、頭上のシャンデリアのワイヤーの一本が切れ、ムケーシュめがけて落下してきた。咄嗟に、それを避け、床に倒れるムケーシュ。会場内は騒然となり、ムケーシュはそのまま意識を失ってしまう。

事故を受け、イベントは中止。ついさっきまで賑やかだった会場内は静寂に包まれる。意識を取り戻したムケーシュは、目を開け、ゆっくりと立ち上がる。するとその目の前にオームが姿を現した。ついに対決の時、だ。

オームはホールの中央に向かうと、突然、セリフを語り始めた。30年前、この場所で繰り広げられたワンシーンの再現。

「玄関から、大勢の来賓が中に入ってくる。彼らを出迎えるのは40人のオーケストラだ。奏でるのは君の好きな曲ばかり。そして、ホールの中央には噴水を作る。流れるのは水じゃない。シャンパンだ。そして、煌びやかなシャンデリアの下に祭壇を作る。みんなの前で式を挙げるんだ。永遠の愛を炎に誓おう」

「……貴様、何者だ」

「ムケーシュ。あの日、お前はシャンティと二人きりだと思っていたんだろ。だが、そこにはもう一人いたのさ。その男はすべて見ていた。お前の悪事のすべてをな。その男とは――この僕だ」

「まさか、あり得ない。そんなこと不可能だ」

「――ああ。あり得ない。だが、事実だ。あの晩、彼女だけでなく僕も死んだ。オーム・プラカーシュ・マキジャー。それが当時の僕の名前だ。日の目を見ない脇役俳優。僕は彼女を救えなかった。だが、敵《かたき》をとることはできる。ムケーシュ。天の裁きを受けろ」

モニター室で、室内の様子を見ていたパップーとアンワル。控えていたサンディに声を

だけでなく

かける。

「サンディ、出番だ。彼を問い詰め、罪を認めさせるんだ」

「……パップー。私、なんだか怖い」

「今更、何を言ってる。すべては君次第なんだ。君ならできる。大丈夫、さあ行って」

　サンディは不安そうに俯くと、モニター室を出ていった。

「おい、待て。見ろ」

　モニターを見ていたアンワルが、パップーに声をかけた。モニターの中で、ムケーシュが高笑いしている。


「何がおかしい」

　笑い続けるムケーシュを見据えるオーム。

「こりゃいい。ついにバレたか。最高だ。――オーム。お前は私を死刑にできると思うのか？　輪廻転生のバカ話なんて、裁判で認められるわけがない。だったら、私の自白を引き出すか？　誰がやる？　お前か。それとも、あのニセモノのシャンティか？」

あの晩、彼女
僕は死んだ。

証拠がない限り、神である私に手を下せないのだ！


「……何のことだ」

「しらばっくれるな。あの女が腕にケガをするところを見た。幽霊がケガをして血を流すか？　――ん？」

〝バレてた……〟何も言い返せないオームを、ムケーシュは追い詰める。

「この私が、ニセモノのシャンティに怯えてすべてを告白するとでも思ったか。……ここまでだ。お前も、ニセのシャンティも。――くたばれ」

　ムケーシュは、懐から拳銃を取り出す。

「ヤバイ！」

　モニター室で、焦るパップーとアンワル。

「とりあえず、サンディを呼び戻そう。彼女が危険だ！」

　部屋から出ようとする二人。しかし、何故かドアが開かない。

　ドアを叩くパップーは必死に叫ぶ。

「サンディ！　オームと一緒に、逃げろ！」

ムケーシュに、拳銃を突き付けられたオーム。一歩も動けない。これまでの仕返しとばかりにこの状況を愉しむムケーシュ。

「お前の計画は穴だらけだ。裁判をするのに必要な物は何だ？　……証拠だよな。一番大事なシャンティの遺体はどこだ？　遺体は——出ていない。そうだよな？　そうだろ、O．K……いや、オームか。証拠がない限り、神ですら私に手を下せないのだ！」

「証拠ならあるわ」

二人は声がした方を見る。そこには黒いドレスをまとったサンディが立っていた。

「サンディ、来るな」と目で指図するオーム。しかし、彼女はムケーシュを見据えたまま、どんどん近づいてくる。

「ついにお出ましか、小娘が」

「ダメだ、サンディ。来るな……もういい、終わりだ」

「そうだ。いい加減下手な演技はやめろ。もし、やめないなら——分かってるな」

「——どうするの？」

「サンディ、やめろ！」

「私を殺す?」

恨みのこもった表情でムケーシュに詰め寄るサンディ。

「ムケーシュ。何度私を殺す気?」

「黙れ！　お前らの計画は失敗だ！」

「私は黙らない！　黙って、私の話を聞くのはあなたの方よ、ムケーシュ！」

「サンディ……?」

サンディのあまりの迫力に言葉を失うオーム。サンディはジリジリとムケーシュを追い詰める。

「あなたは、あの晩、火事の後この場所に戻ってきた。私の死体を隠す為に。**あの時、私はまだ生きていた**」

「何故、それを……!?」

「そして、あなたは、私を生き埋めにしたのよ」

「なんなんだ、お前は、何者だ!?」

「私は……この下にいるわ。証拠がないですって?　残念ね。ムケーシュ」

「黙れ、やめろ！　そんなのただのハッタリだ！　死体なんか出てくるもんか」

「証拠は、あのシャンデリアの下にある。……あなたが私を埋めたのよ」

「嘘だ、何もない！　黙れ！」

「罰を受けなさい。ムケーシュ。あなたは、ここで死ぬの」

「黙れと言ってるんだ！」

拳銃の安全装置を外すムケーシュ。

「危ない！」

咄嗟にムケーシュに掴みかかるオーム。同時に床に倒れる二人。体勢を立て直し、オームを撃とうとするムケーシュ。オームがその手を蹴り上げ、拳銃は弾き飛ばされる。つかみ合いになる二人。その拍子に、傍に置いてあった燭台が倒れ、蝋燭の炎がカーテンに燃え移った。炎に包まれる室内。30年前と全く同じ光景。

オームはムケーシュの腹を殴り、頭を掴んで膝蹴りを食らわせた。とどめの一発、というところで、燃えたセットの一部が倒れてきた。炎を見たオームに一瞬の隙ができる。ムケーシュは火のついた燭台を手に取ると、それでオームの身体を突き刺そうと突進してきた。オームは火が弱点であることを思い出したのだ。形勢は一気に逆転。ムケーシュは火のついたカーテンを引きちぎると、それをオームに向かって投げつけた。炎に囲まれ、動けなくなるオーム。

ムケーシュは先に、女の方から片付けようと燭台を持ったままサンディの方に向かっていく。

「やめろ!」

〝どうすればいい……!〟周囲を見回したオームは、離れた場所に落ちているムケーシュの拳銃に気づいた。それを拾い、炎の中、オームは立ち上がる。

「ムケーシュ!」

振り返ったムケーシュ。次の瞬間、オームは拳銃でムケーシュの足を打ち抜いた。呻き声を上げ床に倒れ込むムケーシュ。彼に近づいていくオーム。これでクライマックスだ!

その時、サンディの声がした。

「ダメよ、殺しては」

「いいんだ。こいつは僕がこの手で殺す」

「大丈夫。彼は、死ぬ。――殺すのは」

頭上から、キシキシとガラスのこすれ合う音が聞こえてくる。

頭上を見上げるオームとムケーシュ。次の瞬間、激しく揺れ動く巨大シャンデリアが火花を上げながら、ムケーシュの上に落下してきた。

「うわあああああ！」

ムケーシュの断末魔。落下し粉々に割れるシャンデリア。

その下敷きとなり、彼は、ついに息絶えた。

信じられない光景をただ呆然と見つめるオーム。

「オーム、大丈夫!?」

声に振り返るオーム。背後のドアから、サンディがパップーとアンワルを連れて飛び込んでくる。

「サンディ!?」

オームは、目の前に立つ黒いドレスの女性を見つめる。


君は、サンディじゃない？

……だとしたら――？

これまでに起きた不可解な出来事を振り返るオーム。

コードが外れていたのに自然発火したシャンティの写真。

なんの仕掛けもなく突然落下したシャンデリア。

そして、誰も知らなかった、シャンティがムケーシュに生き埋めにされた、という事実――。

まさか――。

オームがそう言いかけると、彼女はいたずらっぽく鼻をクシャ、とさせてほほ笑んだ。

「そうよ、オーム。私よ」

「シャンティ……！」

オームの目から、とめどなく涙があふれ出す。

「……ごめん、結局、僕は君を助けることができなかった」

「ダメよ、オーム」

「え？」

「ごめんとありがとうは友情には禁句、でしょ」

「……！」

二人の時間が30年前に遡る。

「オーム、私、あなたに伝えたかったことがあるの」

「何？」

「私――」

その瞬間、シャンティの身体は眩い光に包まれた。

「私、やっと気づいた。私、あなたのこと――」

「何、聞こえないよ、シャンティ！」

必死にオームに何かを伝えようとするが、その言葉はかき消され、シャンティは、温かい光に包まれゆっくりゆっくり天に昇っていく。

シャンティの美しい瞳から涙がこぼれ落ちる。

彼女の魂はようやく解放され、これから還るべき場所に還っていくのだ。

「シャンティ!!」

オームが渾身の力でそう名前を叫んだ瞬間、シャンティは閃光と共に消えていった。

茫然自失のオームの元に、サンディが駆け寄ってくる。

「オーム、ごめんなさい！　結局、私……何もできなかった……」

「いいんだ、サンディ」

オームは彼女を抱き寄せ、そして額にキスをした。

すべてを見届けたパップーとアンワルは、今回の出来事を必ずいつか映画にしようと盛り上がっている。

「オーム。お前はこれから、どうする？」

「さあ。とりあえず、一から出直すよ」

――そうだ。また、一から出直しだ。

とりあえずは、オーム・カプールしての人生を全うする。

そして、**いつかまた魂がこの身体を離れたら、『僕』はまた『彼女』を探しにいかなければならない。**

次はどこだろう？

もしかしたら、地球じゃないかもしれない。
だとしたら、次はＳＦか。
それでもいい。何度生まれ変わっても『僕』はまた、きっと『彼女』に恋をする。
僕らの映画は、まだまだ終わらない。

武井 彩

東京都生まれ。2000年、第12回フジテレビヤングシナリオ大賞を受賞後、脚本家の道へと進む。代表作は、テレビ朝日「ドクターX ～外科医・大門未知子～」、フジテレビ「カラマーゾフの兄弟」、NHK「受験のシンデレラ」など、テレビドラマを中心とした作品を手がけている。2014年には、フジテレビの連続ドラマ「家族の裏事情」で、第2回市川森一脚本賞の受賞候補者にノミネートされた。

オーム・シャンティ・オーム
恋する輪廻

原作　ファラー・カーン
ノベライス　武井彩

2016年12月23日　初版発行

発行者　磐﨑文彰
発行所　株式会社かざひの文庫
〒110-0002　東京都台東区上野桜木2-16-21
電話／FAX 03(6322)3231
e-mail:company@kazahinobunko.com
http://www.kazahinobunko.com

発売元　太陽出版
〒113-0033　東京都文京区本郷4-1-14
電話 03(3814)0471　FAX 03(3814)2366
e-mail:info@taiyoshuppan.net
http://www.taiyoshuppan.net

印刷　シナノパブリッシングプレス
製本　井上製本所

協力／朴炳陽（アジア映画社代表）

装丁　BLUE DESIGN COMPANY

ISBN978-4-88469-891-1